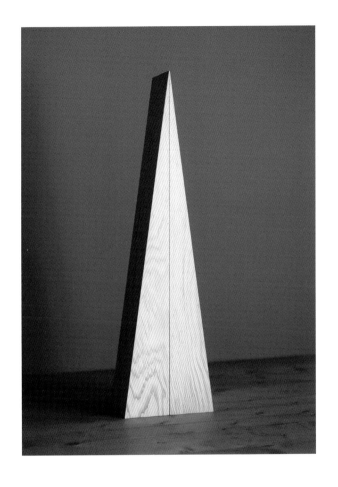

ARTIST
CHUNG HEESEUNG

**H**
현대문학 × 아티스트
정희승

〈현대문학 핀 시리즈〉는 아티스트의 영혼이 깃든 표지 작업과 함께 하나의 특별한 예술작품으로 재구성된 독창적인 소설선, 즉 예술 선집이 되었다. 각 소설이 그 작품마다의 독특한 향기와 그윽한 예술적 매혹을 갖게 된 것은 바로 소설과 예술, 이 두 세계의 만남이 이루어낸 영혼의 조화로움 때문일 것이다.

**정희승**  1974년 서울 출생. 홍익대 회화과 졸업. 런던컬리지 오브 커뮤니케이션London College of Communication 사진학과 학사와 석사과정 마침. 삼성미술관 리움, 서울시립미술관, 아트선재센터를 비롯한 국내와 뉴욕, 런던 등지에서 수차례 전시 개최. 〈송은미술대상 우수상〉〈박건희문화재단 다음작가상〉 등 수상.

# 크리스마스캐럴

하성란

# 크리스마스캐럴

하성란

소설

PIN
018

H

# 차례

PIN

018

# 크리스마스캐럴

하성란

# 1

그 이야기는 그날 식탁에 둘러앉아 있던 우리를 숨죽이게 하기에 충분했다.*

도시로부터 고립된 리조트와 어둠, 밤이면 그곳에 혼자 남겨지는 여자, 방충망에 하얗게 달라붙는 크고 작은 나방들의 필사적인 날갯짓, 밤공기 속으로 흩어지는 아이의 웃음소리. 무엇보다 나는 어두운 창에 반사된, 공포에 질린 자신을 바라보고 있는 여자의 모습이 오래 기억에 남았다.

---

\* 헨리 제임스, 『나사의 회전』 중 첫 문장. "그 이야기는 난롯가에 앉아 있는 우리를 숨죽이게 하기에 충분했다"의 변용.

직업상의 호기심을 숨기지 못하고 나는 손에 잡히는 대로 전단지 한 장을 끌어와 이야기를 받아 적어 내려가기 시작했는데 이야기가 모두 끝났을 때는 여기저기 맥락 없이 흩어진 단어들에 간략한 스케치까지 뒤섞여 도무지 뭐가 뭔지 알아볼 수 없는 지경이 되어 있었다.

흰 타월, CCTV, 여자들, 빨간색 프라이드, 계수나무, 10박…….

그 이야기를 들려준 사람은 다름 아닌 내 막냇동생이었고 그 애는 한 번도 가본 적 없는 그곳에서 혼자 열흘 밤을 보냈다. 아직도 가끔 그곳이 정말 거기 있었는지 믿을 수 없는 날이 있다고도 했다.

'10박'은 그 애가 그곳에서 묵은 밤의 날수이기도 했고 그 리조트의 종업원들이 자기들끼리 그 애를 낮잡아 부르던 일종의 별명 같은 것이기도 했다. 나는 막내가 보낸 그 혼돈의 낮과 밤들에 대해 짐작하기 어려웠는데 마구 낙서를 해놓은 듯한 종이를 뒤집으면 그곳에는 천장에서 드리워진 줄 위에서 아슬아슬 묘기를 부리듯 균형을 잡고 있는 젊은 여자들의 모습이 담겨 있었다. 요즘 한창 인기인 플라잉 요가의 강좌 광고였을 뿐인데도 막내의 이야기 때문인지 그 장면조차 매번 기이하게 다가왔다.

크리스마스 전야였다. 모처럼 가족이 다 모였다. 친정 쪽 가족이라야 부모님과 여동생 둘, 거기에 우리 부부와 두 아이까지 단출하다면 단출한 그 인원이 한자리에 모이는 일이 좀처럼 쉽지 않았다. 점심 무렵 뜻하지 않게 둘째가 전화를 걸어와 "우리 밥은 먹고 삽시다"라고 말했을 때부터 뭔가 다른 크리스마스가 될 거라고 예상했는지도 모르겠다. 그동안 함께 식사도 하지 못한 것을 마치 내 쪽 사정인 양 떠넘기고 있었지만 번번이 가족 모임에 빠진 건 둘째 자신이었다. 항공사의 승무원인 둘째가 크리스마스이브에 아무런 비행 스케줄 없이 집에서 쉬게 된 건 그 애가 항공사에 입사한 20여 년 동안 손에 꼽을 만한 일이었다.

마침 막냇동생도 집에 머물고 있었다. 손님이 몰릴 크리스마스 특수였지만 그 애가 집에 올 수 있었던 건 전해에 일어난 경주 강진 때문이었다. 그때 마침 나는 원주의 예술인 창작실에 머물고 있었는데 진원지에서 한참 떨어진 그곳까지도 강한 충격이 전달되었다. 필로티 구조의 2층 건물이 기둥이 부러지기라도 한 듯 사정없이 한쪽으로 쏠렸다. 5, 6초 정도였을까. 아무 일도 없었다는 듯 잠잠해진 뒤에도 나는 어리둥절한 채로 앉아 있었다. 잠시 뒤에야 문을 열고 밖을 살펴보았는데 1, 2층에 입주한 작가들이 모두 문밖으로 고개만 내민 채 밖을 살피고 있었다.

막내는 전화를 받지 않았다. 전화를 받을 수 없는 상황이라는 걸 짐작하면서도 그런 상황을 겪은 적이 없는 나로서는 더욱 불안했다. 자정이 넘어서야 전화를 걸어온 막내는 지진의 충격으로 고가古家의 지붕에서 기와들이 떨어졌다는 소식부터 전했다. 부엌의 찬장이 쓰러지면서 그릇들이 쏟아져 깨지고 다친 사람도 있어 전화가 오는 줄도 몰랐다고 했다. 지진이 났을 때 마침 막내는 잔뜩 겹쳐 쌓은 그릇들이 올려진 쟁반을 들고 손님방에서 나와 한 발을 댓돌 위로 내딛던 참이었다. 맞은편 처마가 기우뚱 기울고 이상하다고 생각할 틈도 없이 툇마루가 뒤틀리듯 요동을 쳤다. 쟁반 위 그릇들이 마당으로 와르르 쏟아지면서 깨졌다. 겨우 중심을 잡고 마당으로 내려서는 순간 막내의 발 바로 앞으로 기와들이 떨어져 내렸다. 한 발짝만 더 내디뎠더라면 머리에 맞고 말았을 거라고 정말 간발의 차였다는 막내의 말에, 숨죽이며 듣고 있던 나는 탄성을 지르고 말았다.

1년이 흐른 지금까지도 여진이 계속되고 있었고 수학여행은 물론 직장인 연수 등이 줄줄이 취소되면서 관광객이 눈에 띄게 줄었다. 얼마 전 포항 지진까지 겹치면서 대학 수능이 연기되기까지 했다. 당장 그 애가 일하고 있던 한정식집도 타격을 입었다. 종업원들이 자진해서 한 달씩 돌아가며 무급 휴가를 쓰기로 했고 마침 그 달이 막내 차례였다. 거기다 웬걸 저녁이면 남자친구를 만나러 나가겠거니 생각했던 우리 집 큰애가 자신도 외할머니 집에 가겠다며 우리를 따라나섰다.

친정에 가기 전에 대형 마트에 들렀다. 입구에

들어서자마자 진열대들 위로 우뚝 솟아오른 거대한 크리스마스트리가 시선을 사로잡았다. 무빙워크에서부터 가만히 서 있지 못하던 작은애가 함성을 지르며 달려가고 우리를 향해 어깨를 한번 으쓱해 보인 큰애가 마지못해 제 동생 뒤를 따라갔다.

동전을 넣고 카트를 빼서 밀고 오던 남편의 눈이 큰애의 뒤를 좇아갔다. 혹시나 큰애에게 들릴세라 남편이 입만 벙긋거렸다. 뭐야, 쟤가 왜 따라왔어? 헤어졌어?

대학 신입생이 되면서 친구 소개로 만난 동갑내기 남자애와 50일이네 100일이네 요란하게 기념일을 챙기더니 하필 크리스마스를 앞두고 헤어진 모양이었다. 남편은 믿지 못하겠다는 듯 눈을 크게 떴다.

"뭐 크리스마스에? 다른 때도 아니고 크리스마스에? 아니 뭐 그딴 자식이 다 있어?"

잘잘못을 따져보지도 않고 아무렇지도 않게 남의 집 아이를 '자식'이라고 부르는 남편이 어이가 없으면서도 웃음이 나왔다.

카트를 밀고 마트 안으로 들어가면서도 남편은 좀처럼 화가 풀리지 않는 모양이었다.

"아니, 이젠 틀어도 된다는데 왜 안 틀어?"

큰애 남자친구로 향하던 불똥이 괜한 마트로 튀었다. 불과 한 달 전, 지금 우리가 크리스마스 분위기나 내고 있을 때냐고 말하던 남편이 떠올랐다. 나는 사야 할 물건을 찾아 남편보다 한 발 앞서 걸으면서 대꾸했다.

"그러다 저작권 폭탄이라도 맞을까봐 겁나는 거지."

작년에도 재작년에도 마트에서는 캐럴을 틀지 않았다. 거리에서도 캐럴이 흐르지 않은 지 몇 년 되었다. 그게 다 저작권료 때문이라는 걸 알게 되었는데, 마땅히 사용료를 지급해야 한다고 생각하면서도 캐럴이 흐르지 않는 거리를 지날 때면 삭막하게 느껴지곤 했다.

"3천제곱미터 안짝의 매장은 괜찮다며? 틀어도 된다며?"

별안간 남편이 목소리를 높였다. 남편의 말처럼 그게 꼭 넓이에 국한된 것만은 아닌 듯 얼마 전 저작권협회가 전국에 체인을 둔 한 전자마트를 상대로 소송을 했다. 판매용 CD가 아닌 디지털 음원을 사용했다는 게 그 이유였다. 발표 후 70년이 넘은 곡들은 해당 사항이 없다지만 요즘 작곡가가 편곡한 곡을 틀거나 아이돌 가수가 부른 노래를 틀어도 저작권료를 지불해야 했다. 규정도 계속 바뀌어서 15평 이하는 저작권료 면제라고 했음에도 이것저것 따지는 것이 귀찮고 번거로운 나머지 작은 가게의 주인들마저 아예 캐럴을 틀지 않게 된 것인지도 모른다.

"그럼 이렇게 큰 데는 저작권료 좀 내고. 저작권료 좀 내는 게 나아, 아니면 캐럴이 흐르지 않는 시무룩한 크리스마스가 좋아? 신나게 캐럴 틀고 매상도 팍팍 올리고. 당최 머리가 안 돌아가, 도대체가."

여느 때보다 사람들이 많이 몰려들었지만 남편의 염려처럼 시무룩해 보이는 사람은 없어 보였다. 장난감과 즉석 파티요리 코너 앞은 사람들이 북적거려서 카트를 밀고 들어갈 수도 없었다. 크리스마스 장식 전구가 반짝거리고 곳곳에서 판촉을 하는 직원들이 모두 산타 모자를 썼다. 복작이는 사람들 틈에서도 산타 모자는 한눈에 떠어서 어느새 나는 좌표라도 찍듯 산타 모자들을 찾아 매장 안을 훑고 있었다.

"저 사람들 다 마트 직원 아니야."

내가 산타 모자들을 보고 있던 걸 알았던 걸까, 어느새 내 옆으로 다가온 남편이 목소리를 낮췄다.

"당신, 강수 알지? 왜 개가 부품 공장 하다가 신제품 개발한답시고 있는 돈 없는 돈 다 들어먹었잖아. 그래서 오랫동안 강수 처가 고생했지. 개가 그러더라고. 지 처가 마트에서 일한다고. 그런데 마트 직원이 아니라고. 마트 직원도 아닌데 마트 책임자에게 혼난다고."

남편의 고등학교 동창인 강수 씨야 잘 알았다. 늘 무리해서 일을 벌인다고 친구들 사이에서 이 강수라는 이름 대신 초강수라고 불리던. 공장이 문을 닫고 아내인 현미 씨가 아이들 학원비라도 벌 생각으로 마트에 취직했다는 이야기는 나도 들어 알고 있었다. 그런데 현미 씨가 마트 직원이 아니라니.

"나도 이상해서 물었지. 이거 뭐 새로운 유머냐? 강수인 듯 강수 아닌 강수 같은 너? 그런데 강수가 그러는 거야. 지도 지 처가 마트에서 일하지 않았다면 영영 그 내막을 몰랐을 거라고."

남편이 강수 씨로부터 들은 바에 의하면 마트 소속 직원은 일단 정규직과 비정규직으로 나뉜다고 했다. 그중 비정규직은 마트에서 고용한 비정규직과 인력 파견업체를 통해 고용한 비정규직으로 분류된다. 오랫동안 문제가 되어왔던 게 마트에서 협력업체에 요구해 마트에서 일하게 된 파견 사원인데, 을인 협력업체 입장에서는 부당하다는 걸 알면서도 직원을 보내지 않을 수가 없다고 했다. 이때 협력업체는 자사의 직원들을 보내기도 하지만 인력 파견업체를 통해 인력을 지원하기도 한다는 것이다. 같은 마트에서 일하지만 이들의 고용주는 제각각이고, 마트의 정직원이 아닌 사람들은 같은 일을 하면서도 복리후생은 바랄 수도 없었다. 실적이 나빠지면 제일 먼저 감원 대상에 오르기 때문에 명절에 휴가를 낼 수도 없고 아파도 쉴 수가 없고, 밥 먹듯이 초과 근무를 하면서도 초과 수당을 바랄 수도 없다. 남편의 구체적인 설명에도 나는 한 번에 알아듣기 어려웠다.

"뭐가 뭔지 나도 헷갈렸는데, 그 뒤로 마트에 오게 되면 강수 말이 떠오른다고. 누가 정규직이고 누가 비정규직인지. 비정규직이라면 누가 인력 파견업체에서 나왔는지 나도 모르게 따져보고 있다고. 그러니까 같은 산타 모자를 썼어도 다 사정이 다르다고. 이게 말이 되냐? 직원인 듯 직원 아닌 직원 같은 너."

강수 씨는 물론이고 현미 씨도 못 본 지 오래였지만 아직까지 마트에서 일하고 있다면 그 까칠한 현미 씨도 저 산타 모자를 썼을 것이다. 쓰고 싶지 않아도 쓰고 싶지 않다는 말도 꺼낼 수 없을 테니까. 그래서 현미 씨도 울며 겨자 먹기로 산타 모자를 쓰고 있을까. 쓰고 있다 벗으면 정전기가 일어나 염색 기운이 빠진 가느다란 머리카락들이 부스스 일어서는 싸구려 산타 모자를.

어느 해 부부 동반 야유회가 떠올랐다. 전세 버

스 안에서 사회자의 마이크가 현미 씨에게 돌아 갔는데 현미 씨는 일어나지도, 마이크를 건네받 지도 않았다. 버스의 운전사와 짝으로 움직이면 서 수많은 관광객을 상대했던 사회자는 어디에 나 이런 사람 꼭 있다면서 우우 바람도 넣고 박수 를 유도하면서 물러서지 않았는데, 현미 씨는 앉 아 있는 우리가 무안해질 때까지 일어나지 않았 다. 대신 언제 취했는지 알 수 없는 키 큰 강수 씨 가 일어나서 허리를 다 펴지도 못한 채 버스 의자 의 손잡이를 붙들고 노래를 불렀다. 그런 현미 씨 를 보면서 그럼 시킨다고 넙죽 일어나 못하는 노 래를 부른 나는 뭔가, 마음이 상했던 건 사실이었 다. 그런 현미 씨도 산타 모자를 썼을 것이다. 언 젠가 강수 씨가 돈 이야기를 꺼냈을 때 우리는 단 칼에 거절했다. 이미 김 서방 때문에 지칠 대로 지쳐 있을 때였다.

"그러니까 이렇게 큰 덴 저작권료 좀 내라고. 캐럴 좀 틀라고."

남편이 퉁명스럽게 말했다. 그러고 보니 캐럴 이 흐르지 않는 마트에서 크리스마스 분위기를 돋우고 있는 건 입구의 커다란 크리스마스트리와 곳곳에서 산타 모자를 쓰고 판촉을 하고 있는 직원들뿐이라는 생각이 들었다. 그렇게 생각해서일까 캐럴이 흐르지 않는 만큼 더 많이 웃고 더 부지런히 움직여야 한다는 듯 직원들은 시식으로 제공될 만두와 소시지 등을 찌고 굽고 나눠주면서도 연신 웃고 있었다.

와인 매장을 발견한 남편이 급하게 카트를 꺾었다. 키가 크고 마른 여자 판매원이 매장 밖에까지 나와 플라스틱 컵에 담긴 시음용 와인을 나눠주고 있었다. 산타복 상의만 걸친 듯한 짧은 원피스에 허리띠를 묶고 산타 모자를 썼다. 거기에 빨간색 루즈삭스까지 신고 좀 더 많은 손님들에게 시음용 와인을 나눠주려 부지런히 움직이고 있었는데 길고 마른 팔이 행사장 풍선처럼 제각각 휘적거렸다.

남편이 통행로에 방치한 카트는 오가는 사람들의 카트에 이리저리 치이며 저만큼 멀어지고 있었다. 그걸 아는지 모르는지 남편은 해열제 시럽의 계량컵만 한 시음용 와인 잔을 들고 고개를 갸웃거리며 판매원과 이야기를 나누고 있었다. 이제부터 운전대는 내가 잡아야 하는구나, 라는 생각이 스치자마자 강수 씨가 남편에게 했다는 말이 떠올랐다. 그럼 빨간 루즈삭스의 저 판매원은 정규직인가, 아니면 파견인가, 그것도 아니라면 인력업체에서 나왔나? 아니 이도저도 아니라면 대체 뭔가.

코스프레를 한 듯한 그녀의 복장을 보고 있으려니 오래전 놀이공원에서 춤을 추던 막내의 모습이 떠올랐다. 일본 만화의 캐릭터를 흉내 내 짧은 교복 치마를 입고 머리를 양 갈래로 묶었다. 키높이 운동화에 하얀 루즈삭스를 신은 막내는 놀이공원을 찾은 어린이들을 향해 브이 자를 만든 손가락을 펼쳐 보이며 말하곤 했다. "정의의 이름으로 너를 용서하지 않겠다."

사람을 뭘로 보고 뺑을 치느냐고, 새벽까지 술 퍼마시고는 어디서 구라냐고, 아파 누운 막내를 윽박지르던 무용팀의 팀장 목소리가 아직도 생생했다. 전화로 아픈 사실을 알렸으니 무단결근도 아닌데, 팀장은 무단결근이라면서 일주일치 월급을 까겠다고 막내를 윽박질렀다. 어찌나 목소리가 큰지 전화기 밖에까지 또렷하게 들렸다. 열이 올라 붉어진 얼굴로 출근 준비를 하는 막내의 등에 대고 둘째는 야멸찬 말을 쏟아 부었다. "그러니까 공부하랬지? 정신 차리라고 했지? 늙어서도 그런 옷 입고 춤춰라, 늙어서도."

저만치 밀려난 카트를 찾아 밀고 와인 매장으로 다가가자 남편과 이야기를 나누던 판매원이 자동적으로 내게도 시음용 와인을 내밀었다. 와인 잔을 받으며 무심코 그녀의 얼굴을 보게 되었는데, 너무도 당황한 나머지 나는 놀란 표정을 숨기지 못하고 말았다. 그녀의 얼굴이, 20년 전 막내에게 저주와도 같은 말을 퍼붓던 둘째의 말을 듣고 내 머릿속에 막연하게 떠올랐던 20년 후 막내의 모습과 너무도 흡사했기 때문이었다. 만화 캐릭터 복장으로 경쾌한 음악에 맞춰 군무를 추던 막내가 그 복장 그대로 20년이란 나이만 더 먹은 듯했다. 저녁이 되면서 화장이 무너진 얼굴은 지치고 더 나이 들어 보였는데, 그 의상 때문에 기괴하게 느껴지기까지 했다. 나만 그렇게 생각하는 게 아니어서 와인 매장 앞을 지나던 사람들이 그녀를 흘깃거리고 흠칫 놀라거나 킥킥대기도 했다.

이럴 때 캐럴이라도 흐르면 좋을 텐데. 그제야 마트 안에 들어선 순간부터 줄곧 나와 남편의 대화가 조금씩 어긋나고 있었다는 데 생각이 미쳤다. 남편이 말하고 있었던 건 저작권료에 대한 게 아니었다. 그는 마트에 들어서는 순간 빨간 모자를 쓴 직원들부터 보았을 테고 강수 씨의 말을 들은 이후로 쭉 그랬던 것처럼 이런저런 생각에 빠졌을 것이다. 그러자 그깟 저작권료를 아끼겠다고 캐럴을 틀지 않은 마트의 처사에 분통이 터졌을 것이다. 음악은 햇빛과 같아서 모두에게 차별 없이 흘러야 하니까. 하물며 캐럴이니까. 그러니까 마트에 들어선 순간부터 남편은 손님이 아닌 이곳에서 일하는 직원들의 입장이 되어 있었던 거였다. 나도 모르게 내 입에서도 아까 남편이 했던 말이 튀어나오고 말았다.

"아니, 이젠 틀어도 된다는데 왜 안 틀어? 왜 안 트느냐고."

와인 매장 앞쪽에 올해 생산된 햇와인인 보졸레 누보가 미인대회에 출전한 참가자들처럼 병목에 리본을 달고 나란히 늘어서 있었다. 그녀의 추천으로 우리는 각기 다른 보졸레 누보를 세 병 사고 치즈 코너에 들러 망고와 무화과 등 말린 과일이 박힌 치즈도 샀다.

마트를 나서기 전 뭐 필요한 거 없느냐고 둘째에게 전화를 걸었는데 둘째는 역시 시니컬했다. "거, 우리 있는 거 그냥 먹읍시다"라는 대답이 돌아왔다.

"언니, 큰언니."

전화기 저편에서 막내의 목소리가 끼어들었다.

"케이크, 큰언니, 케이크."

조금은 보채는 듯한 막내의 목소리에서 "츄리 츄리 큰언니 츄리"라고 말하던 열 살 무렵의 그 애 얼굴이 겹쳤다. 그 애가 열 살이었으니 난 스무 살이었을 것이다. 대학에 입학한 첫해 겨울방학 내내 명동의 대형 의류매장에서 알바를 했다. 손님들이 입어보고 벗어둔 옷들을 정리해 제자리를 찾아 거는 일이었다. 별일 아닌 듯 보이지만 집에 돌아오면 녹초가 되었다. 가끔 자신이 입고 온 옷을 벗어두고 새 옷을 입고 사라지는 이들이 있었다. 대형 매장 안에는 좌우로 두 개의 기둥이 있었고 우락부락한 남자 직원이 올라가 매장 안을 감시했지만 그들의 눈을 감쪽같이 따돌렸다. 그때 일하고 받은 돈으로 생전 처음 작은 플라스틱 모형 트리와 케이크를 샀다.

"요새 누가 크리스마스라고 케이크를 사? 촌스럽게."

둘째는 케이크라는 말을 입에 올리는 것만으로도 단것을 먹은 듯 잇몸이 간지럽다며 진저리를 쳤다. 둘째의 핀잔에 막내가 풀이 죽었다.

"그래도 기분 나잖아, 크리스마슨데."

둘째가 혀를 찼다.

"아이구 기분, 그 기분, 아직도 그 기분."

자신이 뱉어놓고도 너무했다 싶었는지 잠시 뒤 조금 누그러진 듯한 목소리로 둘째가 말했다.

"그럼 오랜만에 그 기분이란 것 좀 내봅시다, 애들도 있고 하니까. 뭐 작은 케이크라면 괜찮겠지."

알겠다고 전화를 끊으려는데 다짐을 받듯 둘째
가 토를 달았다.

"거, 큰 거 말고 작은 거, 작은 거로 합시다. 요
새 누가 케이크를 먹나. 괜히 돈만 버리지."

불과 2년 8개월이었다. 그 짧은 시간에 막냇동
생은 정상에 올랐다가 밑바닥으로 곤두박질쳤다.
롤러코스터를 탄 것 같은 시간이었다고 그 애가
말한 적이 있었는데 정말 그 애는 얼떨떨해 보였
다. 한 남자가 죽자 사자 그 애를 쫓아다니고 직
장 앞에까지 찾아와 동료들이 보는 앞에서 꽃다
발을 내밀며 사랑한다고 고백한 날로부터 정확히
3년 반 만이었다.

장미꽃이 그려진 영국제 찻잔 세트는 내가 가
져왔다. 막내가 빈티지 숍에서 고가에 구입한 약
장도 내게 돌아왔다. 통가죽 소파와 얼음을 얼리
는 기능이 있는 정수기 등 그 밖의 자디잔 물건들
은 엄마가 챙겼다. 짐을 줄이고 줄여 나눠줄 것은
나눠주고 버릴 것은 버렸지만 막내는 퀸 사이즈
침대만큼은 포기하지 않으려 했다.

막내가 새로 이사한 집은 1인 가구를 위한 작은 원룸이었다. 비좁은 복도를 사이에 두고 양쪽으로 다닥다닥 문들이 붙어 있었다. 복도가 너무 비좁아 마주한 양쪽 집이 동시에 문을 열 공간도 나오지 않을 것처럼 보였는데, 건물 안에는 누가 퍼뜨렸는지 모르지만 어느 집 문이 밖으로 열리지 않아 119에 전화를 걸었는데, 복도에 세워둔 빨래 건조대가 넘어진 탓에 문이 열리지 않았다는 우스갯소리가 돌고 있었다. 원룸에 침대를 들여놓고 나니 다른 것은 아무것도 넣을 수 없었다. 화장실에 오갈 때나 가스레인지와 개수대가 전부인 부엌으로 갈 때도 침대 프레임을 피하기 어려웠다. 조심성 없이 움직이다 정강이나 발톱을 찧기 일쑤였다.

4년 만에 사정은 급변해서 막내는 비정규직 자리도 얻을 수 없었다. 신용 때문에 편의점 같은 곳의 일자리에는 아예 지원조차 할 수 없었고 당장 뛰어들 수 있는 일이란 식당의 주방 보조 일밖에는 없었다. 하루 이틀 일하고 연락 없이 그만두는 사람들이 많았는지 일주일 일한 뒤에야 급여

를 주는 식이어서 아무리 힘들어도 일주일은 버
텨야 했다.

주방 마감이 끝난 뒤 설거지를 마치고 돌아오
면 새벽 서너 시였다. 다음 날 출근할 때까지 휴
식이란 잠밖에 없었다. 책을 읽을 시간도, 텔레비
전을 볼 시간도 없었다. 버스 좌석에 앉으면 잠이
쏟아졌고 우르르 몰려 탄 학생들의 웃음소리에
놀라 잠에서 깼지만, 그 애들이 주고받는 유머도
알아듣지 못해 멀뚱거리며 앉아 있기만 할 뿐이
었다. 일을 마치고 돌아올 때면 원룸 근처의 편의
점에 들러 소주 한 병과 컵라면을 샀다. 침대 한
쪽엔 그동안 입고 벗어던진 옷가지들이 쌓여 있
었고 그 애는 침대에 등을 대고 바닥에 앉아 라면
국물을 안주 삼아 소주를 마셨다. 술에 취하면 이
도 닦지 못하고 엉금엉금 침대로 기어 올라가 그
대로 잠이 들었는데 그 와중에도 침대를 버리지
않길 잘했다는 생각을 했다. 매트리스는 푹신하
고 부드러웠다. 알람 소리에 잠에서 깨면 침대 발
치에 놓인 소주병과 컵라면이 눈에 들어왔다. 용
기 밖으로 넘칠 듯 퉁퉁 불어터진 라면 가닥은 왜

그런지 늘 징그럽게 느껴졌다.

부모님은 빈말로라도 그 애에게 집으로 돌아오라고 하지 않았다. 바로 옆집에서 사람이 죽어 누워 있어도 알지 못하는 곳이 아파트라지만 온갖 구설과 시기, 모략이 일어나는 곳도 아파트였다. 엄마는 우리 집 이야기가 노인정의 노인들 사이에서 심심풀이 땅콩이 되는 게 싫었다. 대체로 소문은 놀이터 한쪽 원두막 모양의 쉼터에서 찐 옥수수나 고구마 등을 먹으며 이 입에서 저 입으로 옮겨졌는데, 그런 이야기를 나누는 중에는 반드시 노인들의 벌어진 잇새로 씹던 옥수수 알갱이가 튀어나오기 마련이었다. 노인들과 어쩔 수 없이 어울리면서도 엄마는 그것만큼은 경멸에 가까울 만큼 질색했다.

"더럽게. 왜 먹으면서까지 남을 씹냐고, 왜 먹으면서. 더럽게."

이 일 저 일 파트타임으로 기웃거리던 막내가 아무런 연고도 없는 경주로 가서 어느 날 문득 멀리 보이는 인왕동 고분군을 찍은 사진을 보내왔을 때 나는 조금 놀랐다. 수학여행을 빼면 그 애가 경주에 간 건 우리 큰애가 초등학교에 입학하던 그해 11월에 간 여행이 전부였기 때문이었다. 모처럼 짧은 휴가를 얻은 둘째와 우리 큰애, 넷이 함께한 여행이었다.

첨성대가 건너다보이는 쌈밥집에서 저녁을 먹은 뒤 우리는 어슬렁어슬렁 최부잣집까지 내려갔다가 다시 향교를 거쳐 계림을 지나 반월성터까지 올라갔다. 관람 시간이 지났는지, 계림의 철문은 닫혀 있었다. 마른 나뭇잎이 발에 밟히며 버석거렸다. 반쯤 이지러진 달은 구름에 가려 사방이 어두웠다. 아직 겨울은 멀었는데 그 시간 관광객은 우리뿐이었다.

숙소로 갈 택시를 잡으려 다시 계림 앞을 지날 때였다. 조도 낮은 가로등의 그림자가 반쯤 철문 너머로 걸쳐져 있었다. 아마 그 때문이었을지 모르겠다. 내가 그 철문을 넘어 계림 안으로 들어가려 한 것은.

나는 도움닫기로 달려와서 철문에 매달렸다. 막내는 무엇이 그렇게 재미있는지 허리를 꼬면서 웃어대고 둘째는 막걸리 한 잔에 취했냐고 잔소리를 하면서도 망을 봤다. 겨우겨우 철문 난간에 한 다리를 걸치고 손을 위로 뻗으며 몸을 끌어올렸다. 잠시 뒤 나는 철문 맨 위 난간에 올라섰고 동생들과 큰애를 향해 손을 흔든 뒤 유유히 계림 안으로 뛰어내렸다.

자물쇠라도 걸려 있을 줄 알았는데 빗장만 질러져 있을 뿐이었다. 빗장을 풀고 문을 열자 동생들과 큰애가 탄성을 지르면서 계림으로 들어섰다. "우리 다 미쳤다!" 둘째의 말은 우리의 웃음소리에 묻혔다. 그제야 안에서 문을 잠근 관리인은 대체 어떻게 밖으로 나갈 수 있었던 걸까 의문이 들었지만 얼마 안 가 곧 그 의문은 풀렸다. 우리는 그가 했던 것처럼 계림 숲을 지나서 인접한 도로가 나올 때까지 내물왕릉이 있는 평야를 가로질렀다.

하지만 그건 나중의 일이고 일단 계림 안으로 들어서자 문을 타넘을 때의 기세는 어디 가고 모골이 송연해졌다. 어둠 속에서 휘어지고 꺾인 고목들은 신령스럽기까지 했다. 깊은 어둠 어디선가 닭 울음소리가 들릴 듯했다. 앞장서라고 서로를 떼밀면서 우리는 계림의 검은 나무들의 그림자 속으로 들어섰다. 떨어지지 않는 발짝을 애써 떼어놓는데 막내가 내 등 뒤로 바싹 붙어 섰다.

"언니, 무섭다. 나 좀 무섭다."

경주로 간 막내에게서 종종 문자가 날아왔다. 시간은 거의 일정해서 브레이크 타임이 끝나가는 다섯 시 무렵이었다. 옷이나 손에 냄새가 밸 것이 염려되고 근무 시간 중에 몰래 도둑 담배를 피우는 것도 내키지 않아서 막내는 종업원들이 누워 쉬는 시간에 식당 밖으로 나와 골목에서 담배를 피웠다.

한정식집은 3백년 된 고택을 식당으로 개조한 곳이었다. 문밖에 나와 골목에 서면 눈앞으로 저 멀리 인왕동 고분군이 펼쳐졌다. 골목 어디에 서느냐에 따라 무덤들이 늘어선 들판의 모습이 달라졌다. 막내는 무덤을 바라보면서 천천히 담배를 피웠다. 거의 매일 같은 시간, 딱 세 개비의 담배를 비슷한 속도로 피웠다. 파랗게 싹이 돋고 잎

이 무성해지고 무덤의 떼가 말랐다가 하얗게 눈이 쌓였다. 비번이라 식당에 나오지 않는 날을 제외하면, 언제나 그 시간에, 그곳에서 고분군을 바라보면서 담배를 피웠다. 그곳의 종업원들은 모두 개량한복을 입고 머리를 뒤에서 묶어 커다란 망핀 안에 넣었다. 그 차림에 제 발보다 큰 크록스 슬리퍼를 꿰고 담배를 피우는 막내의 모습을 관광객들이 흘깃거리기도 했다.

계절이 바뀔 때마다 변해가는 경주의 풍경을 경주에 가지 않고도 볼 수 있는 호사를 그 애 때문에 누릴 수 있었다. 가끔은 '큰언니 남자애랑 여자애가 고분 뒤로 사라졌는데 20분째 안 나와' 같은 문자를 받기도 했다.

담배를 다 피우고 옷에 밴 냄새가 날아가기를 기다리는 동안 막내는 내게 문자를 보냈다. 나는 가급적 그때그때 답을 해주려고 했다. 그 애가 유일하게 문자를 보내는 사람이 나라는 걸 알고 있었기 때문이었다. 자신의 일상을 SNS에 올리고 수많은 이들과 공유하던 때를 떠올리면 대답해주지 않을 수 없었다. 골목에 서서 두 손으로 휴대

폰을 쥔 채 가만히 들여다보고 있을 그 애의 모습이 떠올랐다. 그 애는 내가 보낸 답글을 읽은 뒤에야 다시 식당으로 들어갔다. 양치질을 하고 머리를 다시 고쳐 묶을 때쯤 저녁 손님들이 하나둘 도착했다.

한번 와라 한번 간다, 말로만 하다가 3년이라는 시간이 훌쩍 지나고 말았다. 예약제로 손님을 받는 고급 식당이기도 했지만 도무지 짬이 나지 않았다. 막내의 문자를 받을 때마다 그 한정식집에 들렀던 여행의 추억이 떠올랐다. 순식간에 골목 끝에서 어둠이 밀려오고 어디선가 들불 냄새가 풍겨왔다.

계림의 문을 타고 넘어간 그다음 날 우리는 느지막이 보문관광단지에 있는 숙소에서 나왔다. 경주에 왔으니 남산에 가볼 작정이었다. 월정교에서 삼릉까지의 길은 8킬로나 되어 초등학교 1학년 아이를 데리고 걷기에는 힘에 부칠 거라고 생각했고 궁리 끝에 코스의 중간쯤인 포석정터에서부터 걷기로 했다. 산불 계도기간에 들어간 남산 곳곳에서 산불 조심을 알리는 플래카드가 눈에 띄었다. 중간중간 막내가 담배를 꺼내 불을 붙이려 하면 둘째가 이 아름다운 폐허를 단 한순간의 방심으로 날려버릴 셈이냐고 몰아붙이는 바람에 막내는 진작부터 뒤처져 우리를 따라왔다.

차질 없이 둘째 날도 흘러가나 싶었는데 오후 느지막이 내려와 먹기로 했던 칼국숫집 앞에서 계획이 틀어졌다. 입소문이 난 칼국숫집은 단 한 곳뿐인 줄 알았는데 길가에만 비슷해 보이는 칼국숫집이 여럿이었다. 아무리 생각해도 원조라는 칼국숫집 이름이 기억나지 않았다. 지금처럼 스마트폰도 없던 때라 검색으로 알아볼 수도 없었다. 맛없는 칼국수 한 그릇의 기억이 이후의 모든 칼국수에 대한 불신으로 이어질 수 있다는 둘째의 말에 우리는 동의했다.

택시를 타고 맛집들이 몰려 있는 첨성대 쪽으로 건너오다가 우연히 택시 기사의 추천으로 지금 막내가 일하고 있는 한정식집의 이름을 알게 되었다. 위치도 전날 우리가 산책했던 그 길에 있었다. 예약 전화를 걸었더니 저녁 시간을 알려주면서 그 시간에 와야 한다고 했다. 첨성대가 보이는 카페에 앉아 우리는 작은 병맥주 세 병과 아이를 위한 아이스크림을 시켰다. 카페 쇼윈도 안에 조각 케이크와 과자들이 있었지만 잠시 뒤 먹을 한정식을 위해 참았다. 이윽고 어둠이 내렸다. 첨성대 주변의 조명에 불이 들어오면서 검은 바다 위에 뜬 등대처럼 첨성대가 푸르게 빛났다.

우리는 앞서거니 뒤서거니 예약해둔 한정식집까지 걸었다. 서너 발짝쯤 뒤에서 막내의 허밍이 들려왔다. 얼마나 걸었을까 허밍 소리가 끊겼다는 걸 깨닫고 문득 뒤돌아보았는데 따라오고 있으리라 믿었던 막내의 모습이 보이지 않았다. 그제야 대릉원 주차장을 벗어나기 전 담배 한 대를 피우고 따라가겠다며 뒤처진 게 떠올랐다.

밖에 나와서까지 이 모양이라고, 둘째가 투덜댔다. 이 모양이라니 도대체 어떤 모양을 말하는 거냐고 받아치는 바람에 생각지도 않게 둘째와 언성을 높이고 말았다. 점심을 거른 탓에 배가 고팠고 우리는 뾰족해져 있었다. 이게 다 너 때문에 그런 것 아니냐고, 칼국수 한 그릇에서부터 산불에 폐허까지, 그래서 막내가 안전한 주차장에

서 담배를 피운다고 뒤처진 것 아니냐고 말하고
싶었지만 나는 참았다. 그렇게 언니가 오냐오냐
받아주니 저 지경이 되었다는 말까지 나왔다. 나
는 더 이상 아무 말도 하고 싶지 않아 입을 꾹 다
문 채 아이의 손을 잡고 걸어왔던 길을 되돌아 걸
었다. 조금씩 걷다 걷다 향교까지 내려왔다. 막내
는 보이지 않았다. 대체 어디로 간 것일까. 어둠
이 내려앉은 향교의 지붕과 그 위로 펼쳐진 검보
랏빛 하늘을 맥 놓고 올려다보고 서 있는데, 어두
운 골목에서 "큰언니!"라고 소리치면서 막내가 튀
어나왔다.

"큰언니!"
마치 그때 그 골목에서 튀어나오듯 막내의 얼
굴이 현관문 안쪽에서 나타났다. 그동안 문자로
봐왔던 사진이 개량한복에 화장을 곱게 한 얼굴
이어서 그런지 오랜만에 실물로 보는 막내는 어
딘가 달라 보였다. 식당의 골목에서 12월의 찬 바
람을 맞으며 담배를 피우고 금방 들어온 듯 막내
의 민얼굴은 붉으락푸르락했다. 경주에 있어서

그런 걸까, 군살이 붙지 않은 몸이 남산에서 본 석탑 같다는 느낌도 들었다. 새벽에 술을 먹고 전화를 걸어와서 큰언니 나 죽고 싶다, 울던 그 애는 이제 아닌 듯싶었다.

막내는 이제나저제나 우리를 기다리고 있던 모양이었다. 마트 한쪽의 제과점에서 케이크를 고르고 포장을 다 할 때까지도 레고 진열대 앞을 떠나지 않으려는 작은애 때문에 큰애가 애를 먹었다. 결국 작은애는 제 누나에게 머리통을 쥐어박히고 끌려 나왔다.

미리 차려두었는지 접시에 소복하게 담긴 나물들의 표면이 조금 말라 있었다. 식탁에 앉으려 의자를 당기던 남편이 상차림을 훑어보다가 흘깃 나를 보았다.

"누구…… 생일인가?"

미역국에 흰쌀밥, 섬초무침과 무나물, 고사리나물에 불고기까지. 크리스마스라기보다는 누군가의 조촐한 생일상으로 보였는데 상 가운데 미리 비워둔 자리에 케이크까지 올리니 정말 딱 누군가의 생일상 같았다.

"자네 몰랐나?"

사람 수대로 국그릇을 꺼내놓고 차례차례 미역
국을 뜨던 엄마가 남편을 보고 의뭉스럽게 웃었
다.

"예?"

남편이 움찔 놀랐다. 장인어른과 장모님 생신
은 이맘때가 아니었다. 그럼 큰처제인가? 오늘 같
은 날 집에 있는 건 거의 처음이니 그렇다면 큰처
제 생일인 건가, 자신의 생일이니 그렇게 케이크
는 없어도 된다고 말했던 것인가, 그러고 보니 큰
처제가 전화를 걸어와 다짜고짜 밥은 먹고 삽시
다, 하지 않았나. 남편의 얼굴이 낭패감으로 서서
히 굳었는데 나는 이게 다 엄마의 장난이라는 걸
알면서도 되려 엄마를 거들었다.

"뭐야, 당신 정말 몰랐어?"

둘째도 막내도 겨우겨우 웃음을 참고 있는 줄
모르고 남편은 이제 코 주변부터 하얘지기 시작
했다. 엄마가 손가락으로 부엌 천장을 가리켰다.

"이보게, 저분 생일이잖은가?"

그때 뒷머리가 잔뜩 눌린 아버지가 활동 보조

기를 밀면서 거실로 나왔고 남편이 엉거주춤 일어섰다. 저분이라니, 장모가 위를 가리킬 만한 사람이라면 아무래도 장인밖에는 없었다. 하나뿐인 사위가 장인 생신을 잊고 있었다니. 이거 정말 큰일이군, 그런데 크리스마스이브가 장인 생신이었나, 음력 생일이라면 해마다 날짜가 바뀔 테니 그럴 수도 있지. 속이 다 읽히는 남편의 표정을 보자 더 이상은 참을 수 없었다. 누가 먼저랄 것도 없이 웃음이 터졌다. 남편은 웃고 있는 사람들을 멍하니 보고 있다가 잠시 뒤에야 저분이 누구라는 걸 알아챈 모양이었다. 남편이 무너지듯 의자에 앉았다.

"아이고 장모님, 어쩌면 눈 하나 깜짝하지 않으시고. 우리 장모님, 연기대상감이십니다."

케이크의 촛불을 끄려고 벼르고 있던 작은애를 제치고 큰애가 촛불을 끄는 바람에 작은애가 울음을 터뜨렸다. 남자친구와 헤어지고 크리스마스날 외갓집에 따라와서는 한참 터울 지는 제 동생이나 괴롭히고 있다니……. 초에 다시 불을 붙이

고 작은애가 촛불을 불어 끄게 한 뒤에 박수를 쳤
다. 밥 한번 먹기 어렵다고 투덜대는 둘째 동생과
는 달리 아이들과 막냇동생은 신이 났다. 내일모
레면 마흔인 애가 크리스마스 케이크의 초 끄는
거나 보면서 좋아한다고 엄마가 막내에게 살짝
눈을 흘겼다.

케이크를 한쪽으로 치우자 늘 먹던 저녁상 분
위기로 되돌아왔다. 트리 하나 없는 거실이 휑했
다. 내가 결혼해 집을 떠나기 전까지 크리스마스
때마다 나와 막내는 플라스틱 모형 트리를 장식
하곤 했다. 막내는 꼭 제 손으로 그리고 금박지를
붙인 시온의 별을 트리의 꼭대기에 걸었다.

저녁식사를 마친 부모님이 일찍 안방으로 들어
간 뒤에 식탁의 그릇들을 대충 치우고 과일 치즈
와 보졸레 누보를 꺼내 왔다. 둘째의 예상대로 아
이들이 깨작대다 마는 바람에 모양만 지저분해
지고 촛농까지 흐른 케이크도 도로 식탁에 올라
왔다. 우리는 햇와인을 잔에 따르고 건배를 했다.
아이들은 거실에 배를 깔고 누워 휴대폰으로 한
창 게임 중이었다. 평소라면 작은애에게 30분, 이

라고 시간제한을 두었겠지만 오늘만큼은 좀 풀어
줘도 괜찮겠다고 생각했다. 크리스마스 전야이니
까. 그러자 얼마 전 전화를 걸어와서 "그래도 크
리스마스는 크리스마스니까요"라던 잡지사 편집
자의 말이 떠올랐다. 크리스마스는 크리스마스였
다. 작은애는 자라고 채근하지 않아도 잠을 잘 것
이다. 아침에 눈뜨면 발견하게 될 크리스마스 선
물 때문에라도.

남편은 남편대로 이런 날 외갓집에 와서 어린
동생과 '배틀그라운드'나 하고 있는 큰애가 여간
신경이 쓰이는 모양이었다. 큰애한테 무슨 일이
냐고 차마 묻지는 못하고 입만 들썩이더니 휴대
폰을 들어 뭔가를 검색하며 혼잣말처럼 중얼거렸
다.

"틀어도 된다는데 이젠 괜찮다는데, 도대체가."

잠시 뒤 남편의 휴대폰에서 잡음이 지글거리는
오래된 캐럴이 흘러나왔다. 막내가 반색했다.

"나 이 노래 아는데. 들어봤는데."

빙 크로스비의 「화이트 크리스마스」였다.

강한 바람이 부는지 부엌 개수대 위의 환기창

이 들썩였다. 남편은 골똘히 생각에 잠겨 있었다. 큰애 걱정은 아닌 것 같고, 혹시 강수 씨 생각을 하는 걸까. 나는 나대로 퇴근도 하지 못하고 마트에서 일하고 있을 현미 씨가 떠올랐다. 모자 하나만 씌우면 될 일인데 이상하게도 빨간 산타 모자를 쓴 현미 씨의 모습이 잘 그려지지 않았다. 혹시나 남편이 강수 씨에게 들은 이야기를 동생들 앞에서 꺼낸다면, 초강수를 두듯 내가 빨간 루즈삭스의 와인 매장 직원에 대해 말하지 않으리라 자신할 수 없었다. 빙 크로스비의 휘파람 소리가 끼어들었다. 무라카미 하루키는 생전 처음 선물받은 스테레오 오디오에 딸려온 빙 크로스비의 크리스마스캐럴에 대해 글을 썼다. 캐럴 네 곡이 전부였던 그러나 그것만으로도 충분했던, 1960년의 크리스마스에 대한 이야기였다. 아주 심플하고 아주 행복하고 아주 중산계급다웠다고.

"아무리 그래도 캐럴은 울려 퍼져줘야 한다고."

아까처럼 마트의 잇속에 사라진 크리스마스캐럴로 이야기가 흐를 줄 알았는데 남편이 뚱딴지같이 얼마 전 내가 쓴 짧은 글에 대한 이야기를 꺼냈다. 하기사 그것도 크리스마스 이야기이긴 했다.

11월 둘째 주 화요일이었을 것이다. 생소한 이름의 잡지사 편집자가 전화를 걸어와서 작가님의 크리스마스 이야기 한 편을 잡지에 실을 수 있겠느냐고 물었다.

크리스마스라니 뜬금없었다. 등단하고 얼마간 사외보 등에서 짧은 분량의 글을 청탁하는 전화를 많이 받긴 했다. 하지만 다 옛날 말이다. 불황에 사외 저자의 글을 받는 사외보는 오래전에 찾아보기 어려워졌다. 기억을 더듬어보니 그때도 크리스마스 이야기를 써달라는 청탁은 받지 못했다. 내키지 않아 마감이 언제냐고 먼저 물었다. 불과 나흘 뒤였다. 어이가 없으면서도 바로 그 점을 핑계로 거절하면 되겠다 싶었다. 편집자도 마감일이 너무 밭은 걸 누구보다 잘 알고 있다는 듯, 내가 뭐라고 대꾸할 새도 주지 않고 "작가님, 짧은 글입니다. A4 한 장 분량만 써주시면 됩니다"라고 말했다. 나는 그 말에 조금 화가 났다. 짧은 글이라면 앉은자리에서 단숨에 쓰인다는, 쓸

수 있다는 생각을 하는 것도 그렇지만, A4 한 장
이라니 그런 애매한 분량이 어디 있는가, 글자 포
인트에 따라 글자 수는 달라지는데. 하지만 그런
내색은 하지 않았다.

조금 뜸을 들이다가 아무래도 크리스마스 이야
기라는 것이 걸린다고 미안하지만 크리스마스에
관해서라면 쓸 이야기가 없다고 솔직하게 털어놓
았다. 편집자의 다음 대답을 기다리고 있는데 뜻
밖에도 전화기 저편에서 그가 한숨을 쉬었다. 잠
시 사이를 두고 그가 말했다.

"……그래도 크리스마스는 크리스마스니까요."

그 짧은 순간 왜 그랬는지 알 수 없지만 나는
그가 나와 같은 생각을 하고 있다고 느꼈다. 이번
에는 내 쪽에서 침묵했다. 한 번도 본 적 없는 그
와 나는 전화기를 사이에 둔 채 잠시 아무 말도
하지 않고 있었다. 조금 뒤 나는 하겠다고 대답했
다. 어떻게 되겠지. 그의 말처럼 A4 한 장 분량의
짧은 글이니까.

마감이 나흘 뒤라고 했더니 남편은 청탁을 하
다 하다 당신에게까지 차례가 온 거라고 꼬집었

다. 크리스마스라면 많은 사람들이 훈훈한 이야기를 기대할 텐데, 그러다 보면 억지로 감동적인 이야기를 지어내게 될 게 뻔하다고, 그러니 다들 사양한 걸 거라고. 게다가 지금이 어떤 때냐고, 우리가 한가하게 크리스마스 분위기나 내고 있게 생겼느냐고. 그러다 뭔가를 알아챈 듯 고개를 까딱 들더니 내 얼굴을 빤히 들여다보았다.

"설마 『크리스마스캐럴』은 아니지?"

내 속을 훤히 꿰고 있나 싶어서 좀 당황했지만 나는 아닌 척했다. 남편은 고개를 갸우뚱거리면서 내 얼굴을 유심히 보더니 아무래도 다른 것일 수 없다는 듯 "맞네, 맞아. 『크리스마스캐럴』이네, 스크루지 영감이네. 아니 아니 쇠사슬을 묶고 나타난 말리 유령인가?" 했다.

『크리스마스캐럴』을 떠올린 건 사실이지만 내 경우엔 스크루지나 말리 유령이 아닌 보브였다. 지금이라면 봅이거나 밥이라고 불려야 했을, 그 시절 국어 교과서에서는 보브라고 적혀 있던 인물. 나는 보브였다. 여자애였는데도 담임은 내게 보브 역할을 맡겼다. 소설을 희곡으로 바꾼 그 글은 국어 교과서 맨 끝에 실려 있어서 아이들이 역할을 나눠 그 글을 읽을 즈음이면 크리스마스도 겨울방학도 얼마 남아 있지 않았다. 형편은 어려웠고 누구도 산타의 선물 같은 건 기대하지 않았지만 그래도 크리스마스였다. "석탄 좀 주실 수 있을까요?" 나는 지금도 보브의 첫 대사를 기억하고 있었다. 내 첫 대사에 아이들이 키들댔다. "조용! 조용!" 담임은 교탁을 두드리더니 아무런 표정이 담기지 않은 얼굴로 "계속!"이라고 말했다.

찰스 디킨스의 『크리스마스캐럴』에 둘째도 반색했다. 남편과 나, 둘째는 비슷한 시기에 초등학교를 다녔고 겨울방학을 앞둔 크리스마스쯤에 그 글을 읽었다. 둘째는 말리 유령이 등장하는 부분에서 정말 스크루지라도 된 듯 간을 졸였다고 했다. 쇠사슬에 묶인 발을 질질 끌면서 스크루지 앞에 나타난 말리의 유령.

"육체의 종속으로부터 벗어난 유령인데도 왠지 너무나 고통스러워 보였거든."

곰곰 무언가를 생각하던 둘째가 말했다.

"난 죽으면 다 끝나는 줄 알았거든."

둘째의 말이 끝나기도 전에 와인 잔의 스템을 잡고 있던 막내가 쿡 웃었다.

그게 거슬렸는지 둘째가 살짝 인상을 쓰고 막내를 곁눈질한 뒤에 물었다.

"그래서 썼어? 크리스마스엔 역시 유령 이야긴데 말야. 뭘 쓰긴 썼을 거 아냐?"

"썼지, 진짜 힘들게 썼지."

나는 둘째의 말에 동조하면서 둘째 옆에 앉은 막내를 얼른 살폈다. 석 잔쨀가 넉 잔쨀가, 처음에는 홀짝이는 수준이더니 어느새 속도가 붙었다. 막내가 우리 이야기를 듣고 있는 것 같지는 않았다. 그러니 둘째 이야기에 비웃은 것이 아닐 것이다. 나이 차 때문에 그 애가 배운 국어책에는 『크리스마스캐럴』이 실리지 않았을지 모르고 그럼 우리와 공유할 추억이 없을 테고 그럼 우리 이야기에 끼지 못하고 다른 생각을 하고 있을 수도 있었다.

둘째와 나는 그런 식으로 막내를 따돌린 적이 많았다. 나이 차 한참 나는 언니들과 어울리지 못하고 늘 혼자였던 그 애는 어릴 때부터 곧잘 자신만의 상상 속으로 빠져들곤 했다. 누군가와 대화하듯 혼잣말을 해서 엄마가 걱정을 한 적도 있었다. 그때 그 습관 때문일까 가끔 남의 이야기를 경청하지 않는 사람으로 오해받기도 했다.

마감일 하루 전까지도 나는 유령 이야기를 써보려고 생각 중이었다. 찰스 디킨스도 어느 날 크리스마스 유령 이야기를 써달라는 편집자의 부탁을 받고 『크리스마스캐럴』을 썼다. 디킨스와 세대는 다르지만, 그 몇십 년 뒤 헨리 제임스도 크리스마스 유령에 대해 써달라는 편집자의 요구로 『나사의 회전』을 썼으니까. 그는 그 몇 해 전 대주교에게 들었던 일화를 바탕으로 그 글을 썼다. 특히 나는 그 소설 속 나사에 대한 언급이 좋았다. "아이가 이야기에 나사를 조여주는 역할을 한다고 하면 두 아이가 등장하면 어떻겠습니까?" "그야 물론 두 아이들이 나사를 두 번 조여준다고 말할 수 있겠지요"라고 말하는 그 부분. 그건 오래된 저택에 등장하는 두 유령의 이야기일 뿐 아니라 모든 이야기에 적용되는 말이라고 생각했다.

그럼에도 그럴듯한 유령 이야기를 들어본 적 없는 나는 남편의 예상대로 말리 유령에서 한 발도 나아가지 못한 상황이었다.

나는 사무실을 나와서 무작정 걸었다. 내 몸은 자연스럽게 집으로 가는 방향을 향했다. 밖은 일 주일 전 그 시간보다 훨씬 더 어두웠다. 불을 켠 상점들 앞을 지났다. 아직 캐럴은 울리지 않았고 나는 크리스마스캐럴이 울리지 않았던 작년과 재작년 크리스마스를 떠올렸다. 아직은 아니라고, 아직은 울릴 때가 아니라고, 어쩌면 이젠 거리에서 캐럴을 듣는 일은 없을 거라는 생각이 들었다. 아무 일 없었다는 듯 캐럴이 울려 퍼질 수는 없는 일이라고, 아직 들뜨고 설레어서는 안 된다고 아직은 안 된다고.

퇴근 시간 거리는 사람들로 붐볐다. 합정역을 지나 상수역 쪽으로 가까워졌을 때였다. 11월 둘째 주의 금요일, 불금이었다. 역의 출구마다 수많은 젊은이들이 삼삼오오 짝을 지어 쏟아져 나왔다. 한껏 치장한 그들은 우르르 횡단보도를 건너 극동방송국 쪽으로 올라갔다. 아주 잠깐 동안 그

무리에 섞이는 바람에 꼼짝할 수 없었는데, 1, 2분 정도 나는 무리에 휩쓸려 내 의지와는 다른 방향으로 움직이고 말았다. 1, 2분 동안의 그 체험이 금방 1990년의 명동 거리를 눈앞에 불러왔다.

우리는 저녁에 만났는데 명동 거리는 몰려든 인파로 걸음을 떼어놓기 어려울 정도였다. 그날만큼은 잠깐 죄의식 없이 마음껏 들뜨고 설레어도 좋았다. 인파에 섞여 명동성당 쪽으로 가게 될 때는 스크럼을 짜고 구호를 외치던 때가 떠올랐다. 사람들은 이쪽에서 저쪽으로 우르르 밀려갔다가 다시 반대쪽으로 밀려왔다. 시간이 점점 깊어갈수록 사람은 와짝와짝 늘었다. 상점들은 환하게 불을 밝혔고 불빛으로 눈이 부셨다.

목적지가 딱히 정해져 있지 않았던 우리는 사람들 틈에 휩쓸린 채 걷고 또 걸었다. 코끝이 빨개지고 나중에는 아예 감각이 없어졌다. 털장갑 속의 손가락도 곱아들고 부츠 속의 발가락도 가려워지기 시작했다. 웅성웅성 바로 옆의 친구에게도 고함을 질러야 할 만큼 거리는 시끄러웠다. 그리고 그 모든 소음을 뒤덮듯이 캐럴이 흐르고 있었다.

대로의 한가운데에는 노점상들이 한 줄로 늘어서 있었고 그중 불법 복제한 테이프를 파는 노점상들이 캐럴을 크게 틀어두었다. 그들 사이에도 영역이라는 게 있고 취향이라는 게 있는지 좌로 우로 새로운 골목으로 접어들 때마다 캐럴의 레퍼토리도 달라지곤 했다.

전철로 다섯 정거장 거리를 걸어 집으로 오는 동안 나는 말리가 아닌 다른 유령에 관한 이야기가 떠올랐고 돌아와 바로 내 방으로 들어갔다.

마감 당일에야 A4 한 장 분량의 글을 마칠 수 있었다. 1990년의 명동 크리스마스 전야가 배경이었다. 그때 내가 그랬던 것처럼 글 속의 여자도 그 인파 속에서 이리저리 휩쓸렸다. 친구와 헤어지지 않도록 팔짱을 꼈다. 옆에 선 사람의 입김까지 느껴질 정도로 사람들이 많았다. 어쩌다 문득 옆으로 고개를 돌렸는데 옆에 선 남자의 얼굴이 어디선가 본 듯 낯익었다. 그녀가 올려다보자 그도 그녀의 얼굴을 내려다보았고 그도 그녀가 낯이 익은 듯 고개를 갸우뚱했다. 어디서 봤더라,

잘 떠오르지 않았다. 그사이 행렬에 휩쓸리면서 그 남자와는 자연스럽게 멀어졌다.

이번에는 옆이 아니라 앞이었다. 그녀와는 방향이 달랐다. 맞은편에서 걸어오면서 그 짧은 순간 그가 먼저 그녀를 알아보았다. 그렇게 그와 또 어긋난 뒤에야 그녀는 좀 전 그와 마주쳤을 때 낯이 익었던 건 다름 아닌 그 전에 스쳤기 때문이라는 걸 알게 되었다. 그러니까 오늘 밤 벌써 세 번째 그와 마주친 거였다. 오늘 처음 보았지만 세 번이나 스치면서 어느새 아는 사람이 되고 만 것이다. 모른 척하기 그래서 뒤돌아보니 그도 뒤돌아 그녀를 보고 있었다. 서로 가볍게 눈인사를 나누었다. 사람들은 더 많이 모여들었고 그녀들은 상체를 오므려야 할 정도였다. 어느 순간 땅에 발이 닿지 않는다고 생각했는데, 그럴 리는 없지만 유령처럼 땅에서 약간 뜬 채로 걷고 있는 느낌이었다. 고요한 밤 거룩한 밤 어둠에 묻힌 밤……. 그녀들은 아트박스가 있는 좁은 골목길로 들어갔다. 커다란 쇼윈도에 직원이 들어가 마네킹이 입고 있는 두툼한 코트를 막 벗기려는 중이었다. 따뜻해 보이는 상점 안에 남녀 커플이 서 있었다. 커플의 여자가 마지막 남은 그 코트를 입어보려 기다리는 중인 듯했다. 남자친구가 선물하는 코트인 걸까, 부럽다, 부러워. 평소라면 입 밖에 내지 않을 말도 소리 쳐서 이야기했다. 아임 드리밍 오브 화이트…….

논노 매장을 지나 명동칼국수가 있는 좁은 골목으로 접어들었다. 사람 하나가 지나갈 비좁은 골목 머리 위쯤에 붉은 간판들이 정신없이 얽혀 있었다. 어디로 들어가 식사를 할까 망설이는 사이 또다시 떠밀려 중국대사관저까지 가고 말았다. 길 건너 크리스마스 전구들로 건물의 테두리를 장식해놓은 롯데백화점이 커다란 선물 상자 같았다. ……흰 눈 사이로 썰매를 타고 달릴까 말까, 달리는 기분. 개그맨의 캐럴을 듣고 있자니 잔망스러운 그의 몸짓이 떠올라서 웃음이 터졌다.

웃고 있는데 누가 또 만났네요, 라고 말했다. 바로 그 남자였다. 그녀도 그를 향해 또 만났네요, 라고 말했다. 남자가 한 손을 들어 올렸는데 그 채로 조금씩 뒤로 멀어졌다. "다섯 번째 만나면 우리 단팥죽 먹자!" 대뜸 반말이었다. 그녀도 오래 만나온 친구에게 하듯 "그래, 먹자"라고 소리쳤다. 하지만 그녀는 그를 다시 만나지 못했다. 다섯 번째 만남은 없었다. 아까 말할걸, 못 만날 줄 알았다면 아까 만났을 때 단팥죽 먹자고 할걸. 왜 다시 못 만날 수 있다는 생각을 하지 못한 걸까, 후회하면서 인파 속에서 떠밀려 다니는 이야기, 더는 들뜨고 설레지 않게 된 크리스마스이브 이야기, 크리스마스 유령 이야기.

막내가 와인 잔을 쥐고 있던 손으로 왼 손목을 살짝 쥐고 비틀었다가 놓았다. 아까부터 막내의 그 행동이 줄곧 신경 쓰이던 차였다. 경주의 지진 때문에 식당에 한 달 무급 휴가를 냈다지만, 어쩌면 직업상 얻게 된 손목 통증 때문일지도 모른다. 어디선가 식당에서 일하는 이들이 고질적인 손목 통증에 시달린다는 이야기를 들은 적이 있었다. 어느 식당에선가 음식을 나르던 종업원이 손목 보호대를 하고 있는 걸 보기도 했다. 막내가 일하

는 곳의 그릇들은 무게가 나가는 유기와 사기 재
질로 한 상 차림에 올라가는 그릇 수만 해도 엄청
났다.

막내가 식탁 끝에 놓인 와인 병으로 손을 쭉 뻗
으며 말했다.

"그래서 내가 못 죽어요."

조심하지 않는 바람에 막내의 소매에 케이크
크림이 묻고 말았다. 둘째가 이건 또 뭔가 싶은
표정으로 막내를 보았다.

"뭐?"

"유령, 죽어서도 고통받는 유령."

"그게 왜? 뭐?"

"그래서 내가 죽지도 못한다고."

둘 사이에 팽팽한 긴장감이 흐르고 당황한 남
편이 둘 사이에 끼어들었다.

"워, 워. 이봐 처제들, 워, 워."

막내의 눈 밑이 불룩했다. 그 애가 식탁 가장자
리에 놓인 갑 티슈에서 티슈를 뽑느라 얼굴을 돌
리자 멍이 든 듯 푸르스름한 기운이 드러났다. 아
직도 매일 밤 소주 한 병인 걸까. 담배는 브레이

크 타임 때까지 참고 조절할 수 있지만 술은 잘
되지 않은 모양이었다.

남편이 와인 병을 들어 막내의 잔에 따르려 하
자 둘째가 남편을 향해 입을 벙긋거렸다. 남편이
주춤거렸다. 막내는 막내대로 안 따르고 뭐 하냐
는 듯 남편에게 내민 와인 잔을 흔들며 말했다.

"작은언니, 다 보여, 다 들려."

둘째는 화가 나지만 날이 날이니만큼 참는다는
듯 입을 꾹 다물었다.

"작은언니, 왜 참아? 그냥 말해. 그냥 화내."

둘째가 남편과 내 얼굴을 번갈아 봤다.

"애 술 주지 마, 응? 형부든 언니든 애 술 더 주
는 사람 난 안 봐."

"처제들, 워, 워."

남편이 또 소를 달래는 듯한 그 소리를 내자 거
실 쪽에서 큰애가 빽 목소리를 높였다.

"아, 아빠, 좀!"

당황해 군은 남편의 손에서 채 가듯 와인 병을
가져간 막내가 제 잔에 와인을 따랐다. 둘째가 일
어섰다.

"오늘은 여기까지."

막내가 둘째를 힐끗 올려다보았다.

"작은언니 뭐랬어? 다 거짓말이랬지?"

막내가 이번에는 나를 바라보았다.

"큰언니는 뭐랬어? 아무것도 없을 거랬지? 허 허벌판이랬지?"

막내가 억울하다는 듯 목소리를 높였다.

"있었다고, 리조트. 정말 있었다고. 팸플릿에서 본 그 리조트가 거기 있었다고."

다음 말을 기다렸지만 막내는 다시 입을 닫았다. 나는 그 애가 다음 이야기로 가기 위해 뜸을 들이고 있다고 생각했는데 아무래도 오늘 밤 그 애가 들려줄 이야기가 유령 이야기일지 모른다고 짐작을 했다. 크리스마스에는 역시 유령이니까. 내가 아는 한 막내는 뛰어난 이야기꾼이었다. 어디에서 그런 이야기를 들었는지 가끔 기가 막힌 이야기를 가져와 내게 들려주었다. 막내는 잠깐 뜸을 들이고 있었다. 나사를 조여줄 때가 언제인지 그 애는 잘 알았다. 가장 적절한 때를 골라 나사를, 그것도 한 번이 아니라 두 번 조여줄 것이다.

"하지만 우리가 도착했을 때는 너무 어두워서 동화 속의 한 장면 같다던 리조트의 전경을 볼 수는 없었지."

그렇게 막내의 이야기가 시작되었다. 아마 그 무렵이었을 것이다. 다짜고짜 술을 먹고 새벽에 집으로 쳐들어온 막내가 잠든 부모님을 깨워 당장이라도 집을 잡혀 융자를 받아달라고 생떼 아닌 생떼를 쓰던 때. 김 서방 저러다 죽어, 저러다 죽는다고! 그럼 나도 죽고! 거실 바닥에 주저앉아서 어린아이처럼 발버둥을 치면서 엉엉 울던 때. 오냐오냐 받아주면 버릇 나빠질까봐 일부러 아이에게 눈을 돌리듯, 부모님은 그런 막내를 끝까지 못 본 척했다.

리조트라면 그때 그 리조트를 말하는 걸까. 돈을 조금만 걸쳐놓아도 리조트 하나를 거저 얻는 건데요. 다 차린 밥상에 그냥 숟가락 하나 얹는 건데요. 김 서방이 큰소리치던 그 리조트? 그때쯤 우리는 이미 김 서방의 모든 말은 콩으로 메주를 쑨다고 해도 귀담아듣지 않았다. 강원도 깊은 산골에 무슨 리조트가 있느냐고, 그냥 허허벌판이겠지, 운 좋으면 감자밭이겠지. 나도 둘째도 김 서방의 말을 믿지 않았다.

살고 있던 집이 붕 뜨고 오갈 데가 없어졌을 때 막내가 친정으로 오지 않고 그 리조트로 간 건 위급할 때 도와주지 않고 모른 척했던 우리에 대한 배신감 때문이었을 것이다.

"인적이 끊긴 산길을 한참이나 들어갔어. 랜드 로버 한 대가 겨우 다닐 비포장도로였지. 밖은 어두워서 아무것도 보이지 않았는데 돌을 밟을 때마다 좌석에서 몸이 튀어 올랐다가 떨어졌어. 개울이 있는 듯 돌돌돌 물 흐르는 소리가 났어. 어찌나 어두운지 꼭 터널 같았지. 터널을 벗어나자 헤드라이트 불빛에 잠깐잠깐 풍경이 살아났는데, 희끗희끗한 게 꼭 봉분 같더라고. 이 새끼가 또 구라를 쳤구나 생각했어. 언니들 말이 맞았구나. 내가 또 속았구나. 그런데 그 봉분 같은 게 다름 아닌 버섯 모양을 한 리조트의 지붕이라는 걸 곧 알 수 있었어."

둘째가 다시 자리에 앉아 자신의 잔에 와인을 따랐다. 나사는 조여지기 시작했다고 나는 느꼈다. 나는 손에 잡히는 대로 종이 한 장을 가져와 뒷면에 그 애의 이야기를 받아 적기 시작했다.

우리는 금방 막내가 이야기하는 터널처럼 깊은 밤 비좁은 그 길로 빨려 들어갔다.

흰 타월, CCTV, 여자들, 빨간색 프라이드, 검은 계단, 계수나무…….

그 애가 계수나무 방에서 처음 본 건 부릅뜬 두 눈이었다. 커다란 두 눈이 껌뻑껌뻑 방으로 들어서는 그 애를 보고 있었다.

2

눈꺼풀 너머에서 어룽대는 붉고 노란 불빛과 언뜻 본 뭉개진 귀 때문에 나는 아직도 내가 이태원의 그 지하 술집에 있다고 착각했다. 그럼 김金은 어디에 있는 거지? 어서 김을 찾아 집에 가야 한다는 생각을 하면서도 한편으로 뭉개진 귀의 남자가 줄곧 내 오른편에 앉아 있었다는 것, 내 오른뺨을 향해 콧김을 내뿜고 있었다는 것을 떠올리고, 언제 그가 그렇게 재빠르게 다른 자리로 옮겨가 앉은 건가 의아하기 짝이 없었다. 그가 자리를 옮기려면 분명 나도 일어나 자리를 비켜줬어야만 했을 텐데 아무리 기억을 떠올려봐도 그런 적이 없는 것만 같았기 때문이었다.

처음엔 그게 생판 모르는 남자의 콧김인 줄도 모르고 누군가 내게 귓속말을 한 거라고 오해했다. 뭐라구요? 무슨 말이었느냐고 되물으려 고개를 돌리다가 눈높이에 걸려 있는 특이한 모양의 귀를 보게 되었다. 그의 귀는 무언가에 오랫동안 짓눌리고 쏠린 듯 뭉개져 있었다. 혹시 레슬링 선수인가? 상대방의 몸에 귀가 눌리면서 귀의 연골이 변형되어 만두 모양처럼 변한다는. 그래서 만두 귀라고도 부른다는. 그런 귀를 바로 눈앞에서 보는 건 처음이었다.

뭉개진 귀가 있다면 내려앉은 코도 있겠지. 뭉개진 귀와 함께 온 남자. 챔피언. 나는 젓가락의 짝을 맞추듯이 내려앉은 코를 찾으려 했지만 눈이 잘 떠지지 않았다. 대신 작고 우물우물하는 내려앉은 코의 목소리를 들은 것 같았다. 소심하고 겁이 많은 듯한 남자. 불운의 챔피언. 몇 마디 이야기를 나누지는 않았지만 그 챔피언이 분명했다. 그렇다면 뭉개진 귀와 내려앉은 코 모두 같이 있는 것이다. 그건 그렇고 뭉개진 귀는 어떻게 자리를 옮겨 앉을 수 있었던 걸까. 내가 일어나서 비켜주지도 않았는데? 아무리 생각해도 이상해서 나는 눈도 뜨지 못한 채로 고개만 갸웃거렸다.

술집으로 내려가는 계단은 좁고 가팔랐다. 앞장선 김의 양 어깨가 통로에 바듯하게 끼일 정도였다. 김을 따라 그의 단골이라는 델 자주 기웃거리고 있었지만 그곳은 처음이었다. 김에게 얼핏 듣기로는 이곳의 사장은 오랫동안 일본인 관광객을 상대로 술은 물론이고 김과 홍삼 같은 관광 기념품까지 판매해왔다고 했다. 덩치 큰 김이 시야를 가리고 있어 그 앞에서 벌어지는 일은 종잡을 수 없었는데 문가에 다다른 김이 별안간 웃음을 터뜨리고 우, 야유를 보내며 박수를 쳤다. 대체 뭘 본 걸까. 김이 그렇게 신나하는 건 오랜만이었지만 나는 예전처럼 제자리에서 뛰어오르거나 김의 허리춤을 비집고 머리를 들이미는 일 따위는 하지 않았다. 김이 웃음을 터뜨린 이상 나에게는 신기하거나 흥미로운 일이 아닐 게 뻔했으니까.

그 무렵 김은 하루가 멀다 하고 단골 술집들을

돌아가며 밤새 술을 마셨다. 당분간 집에 머물 수 없는 처지가 되면서 나도 그를 따라가 술을 마시며 술집이 문을 닫는 새벽 서너 시까지 잡담으로 시간을 때웠다. 술값은 김과 그의 동업자인 대학 선배 최崔가 냈다.

김이 가게 안으로 들어서면서 비로소 술집 내부가 드러났다. 노래를 부르고 춤도 추는 작은 무대에서 막간을 이용한 공연이 막 끝난 뒤라는 것쯤은 알 수 있었다. 아직 무대 앞을 떠나지 못한 채 건배를 제의하듯 위스키 잔을 들고 있는 일본인 둘과 부끄럽다는 듯 손수건을 활짝 펴서 눈 아래를 가린 중년의 여자로 보아 어떤 공연이었는지 추측하는 것도 어렵지 않았다.

실내 장식이랄 게 전무한 홀이었다. 그런데도 어딘지 모르게 지저분하다는 느낌을 주었다. 내한한 외국인들이 찾고 싶어 하는 곳으로 1, 2위 순위를 다툰다는 이곳에 아직도 이런 술집이 남아 있다는 것이 의아했다. 큰길에서 겨우 두 블록 정도 걸어 들어왔을 뿐이었다.

가게 입구에 선 채 홀 중앙의 낡은 노래방 기기

가 놓인 작은 무대를 보고 있자니, 앞뒤 없이 작은 무대 위에 서서 춤을 추던 때가 떠올랐다. 나미의 「인디언 인형처럼」이라는 노래가 울려 퍼지자 여자애들이 괴성을 지르면서 무대로 뛰어 올라가 춤을 추기 시작했다. 말을 타듯 두 팔을 앞으로 내밀고 위아래로 들었다 내리면서. 두 발을 지그재그로 어긋나게 바닥에 대고 비비면서. 무대는 작았고 아이들은 많았다. 춤을 추던 여자애들이 내게 다가와 엉덩이로 나를 밀쳐내려 했다. 튕기듯 밀려나면 나는 다시 힘차게 무리 속으로 뛰어 들어가곤 했는데 어느덧 힘이 부치면서 조금씩 무대 가장자리로 밀려났다. 언제 떨어질지 몰라 조마조마했다. 까만 외로움에 타버렸나봐, 오 마이 베이베. 나는 무대 위에서 발을 동동 굴렀다. 엉덩이가 와서 밀면 조금 튕겨 나갔다가 다시 힘을 내 무대 중심으로 엉덩이를 밀어 넣곤 했다.

"어서 오십쇼, 사장님."

방금 공연을 끝낸 듯한 젊은 남자가 홀 한쪽에 서서 바지에서 빠진 셔츠 자락을 정리하다 말고 김을 반갑게 맞았다. 젊은 남자의 얼굴은 아직도 상기되어 있었다. 가게에는 또래의 남자가 둘 있었는데 공연도 하고 웨이터 역할도 하는 모양이었다. 그들은 김에게 묻지도 않은 채 주방으로 가서 뜨거운 물수건과 캔 우롱차, 국산 양주와 작은 병맥주 세 병을 가져와 탁자에 늘어놓았다. 불빛 아래에서 반듯하다 못해 날이 선 듯한 콧대가 파르스름하게 빛났다. 술이 떨어진 테이블에 술을 가져다주고 재떨이를 비우고 곡의 번호를 외우고 있다가 노래방 기계의 숫자 버튼을 누르는 등 웨이터들은 일사분란하게 움직였다.

언제 다가왔는지 그중 한 남자가 김의 등 뒤로 와서 그의 어깨를 주물렀다. 혈을 제대로 짚인 듯 김이 뜨거운 물을 끼얹는 노인들처럼 앓는 소리를 냈다. 남자의 손가락이 김의 어깨를 왔다 갔다 하는 사이 김은 눈을 감은 채 고개를 좌로 우로 천천히 돌렸다. 김이 자신의 위스키를 한 입에 털어 넣고 그 잔에 위스키를 따라 남자에게 건넸다. 남자도 단번에 술을 털어 넣었다. 안주라도 집어 주듯 김은 지갑에서 잡히는 대로 지폐를 꺼내 남자의 셔츠 주머니에 찔러 넣었는데 지금까지 내가 봐온 김의 많은 모습 중 가장 그답다면 그다운 모습이었다.

술집의 다인석은 그 자리뿐이었다. 성인 대여섯이 올라가 춤을 출 만한 크기의 커다란 탁자와 언제라도 그 탁자를 들어 올리려는 듯한 말굽자석 모양의 대형 융 소파가 놓여 있었다. 천장 가운데 달린 조명의 불빛은 탁자 끝까지 와닿지 않았다. 둥근 불빛 밖은 조금 더 음습해 보였는데 어둠 속 곳곳에 둘씩 셋씩 짝지어 앉아 술을 마시는 사람들이 보였다. 카펫을 깔지 않아 드러난 시멘트 바닥의 마감재는 깨져서 울퉁불퉁했다. 마치 홀 어딘가에 수챗구멍이 있고 고르지 못한 바닥 공사로 미처 빠지지 못한 오수가 고여 썩어가고 있는 듯 퀴퀴한 냄새가 배어 있었다. 대체 이곳은 어떤 곳인가, 왜 나는 이곳에 와 있는 걸까. 팔짱을 끼고 앉아 술집을 둘러보다가 어둠 속에서 늙수레한 남자의 얼굴이 불쑥 튀어나왔을 때는 소스라치게 놀라고 말았다.

웨이터들과 비슷한 옷차림에 얼굴의 주름을 기

계적으로 편 듯 부자연스러운 느낌을 주는 남자
였다. 나이는 종잡을 수 없었는데 그렇다고 젊어
보이는 건 아니었다.

"혀엉!"

김이 일어서면서 그를 포옹했다. 그 둘의 나이
차는 족히 스무 살은 나 보였다. 운동량도 많지
않은 듯 소파까지 오는데 두 다리가 휘청거렸다.

김의 동업자이며 대학 선배인 최가 쪼르르 작
은 새처럼 가게 안으로 들어섰다. 부리로 곡식 알
갱이를 쪼듯 고개를 까딱거리며 홀을 훑던 그가
김과 사장을 발견하고는 한 손을 들어 올렸다. 김
도 한 손을 들어 올리며 혀 짧은 소리를 냈다.

"혀엉!"

낡고 털이 군데군데 빠진 붉은 융 소파는 누군
가가 술을 엎지른 듯 축축했다. 시간이 흐르면서
김이 초대한 손님들이 하나둘 도착했다. 김은 늘
이렇게 사람들을 모았다. 최소한의 시간 약속 같
은 것도 없었다. 먼저 와서 자리를 잡고 술을 마
시다가 그때그때 떠오르는 사람들에게 연락을 했
고 그들 중 올 수 있는 사람들이 자신들이 아는

사람들을 데리고 모여드는 식이었다.

모임의 반은 아는 사람이었고 반은 모르는 사람이었다. 다음 날이면 모르는 사람은 아는 사람이 되고 그들이 또 자신들이 아는 사람들을 데리고 나타나서, 아는 사람과 모르는 사람의 비율은 늘 비슷했다. 나도 그렇게 그런 자리에 나가 김을 알게 되었다. 우연히 연락이 된 옛 직장 동료를 따라갔다 김과 어울리게 되었는데 나중에 들어보니 그의 경우도 나와 비슷했다. 얼마 뒤 그 동료는 발길을 끊었고 내가 내 친구를 데리고 그 자리에 나갔다. 차수가 이어지고 모임이 끝날 때쯤이면 친화력이 뛰어난 김은 거의 모든 사람을 자신의 형 동생으로 삼곤 했다.

뭉개진 귀 일행은 자정 무렵 술집에 들어섰다. 세로 줄무늬의 개수와 색은 달랐지만 그들은 추리닝 차림이었고 밖이 쌀쌀했는지 두 사람 다 양손을 추리닝 바지 주머니에 깊게 찔러 넣은 채였다. 손을 찔러 넣은 주머니 양쪽이 사타구니와 함께 우부룩했다. 그들이 어슬렁어슬렁 탐색하는

듯한 시선으로 두리번거리며 술집에 들어서자 테
이블에 앉아 있던 사람들 몇이 흘낏 그들을 쳐다
보았다.

"챔피언!"

김이 그들을 향해 손을 번쩍 들었고 챔피언이
라는 호칭 때문인지 좌석의 사람들이 호기심을
보였다.

그들이 합석하게 되면서 소파에 앉아 있던 사
람들이 일제히 엉덩이걸음으로 간격을 좁혔다.
소파는 진작에 수용 인원을 초과했지만 이상한
게 언제라도 몇 사람쯤은 더 끼어 앉을 수 있었
다. 다만 누군가 화장실에 가거나 담배를 피우기
위해 자리를 떠야 할 때면 그 옆의 사람들까지 덩
달아 우르르 일어서서 소파 밖으로 나와 서 있다
가 다시 주르르 들어와 앉아야 했다.

어느 정도 자리가 무르익자 김과 최는 테이블
을 벗어나서 술집 사장과 따로 술을 마셨다. 그들
이 가장 공을 들이고 있는 사람이 바로 술집 사장
이라는 걸 알 수 있었다. 일본인 관광객들에게 값
싼 술을 팔면서 30년 넘게 한자리를 지켜온 여우

같은 사람이었다. 두 사람에게 뭔가 줄 듯 줄 듯하고 있지만 결국은 그걸 이용해서 술을 팔고 있다고 나는 생각했다.

시간이 흐르면서 나는 소파 한가운데로 점점 밀려 들어갔고 언제부턴가 내 옆자리에 뭉개진 귀가 앉게 되었다. 두 사람 중 누가 챔피언인 걸까. 당연하게도 생김새만으로는 알 수가 없었다. 김이 어느새 스포츠 분야로까지 발을 넓힌 건지 알다가도 모를 일이었다. 나는 곁의 뭉개진 귀와 이야기를 나누다가도 장갑의 짝을 맞추듯이 함께 온 남자를 눈으로 찾곤 했는데, 자리가 바뀌어도 그 남자는 금방 눈에 띄었다. 다름 아닌 웃고 떠드는 사람들 속에서 상대적으로 다소곳한 그의 행동거지 때문이었다.

뭉개진 귀가 레슬링이나 유도 선수였을 거라는 걸 단박에 알아차렸지만 함께 온 남자에 대해서는 쉽게 판단이 서지 않았다. 동료나 코치쯤 된다면 그의 귀 또한 일그러져 있어야 했다. 하지만 그의 두 귀에는 눌린 자국 하나 없었다. 추리닝을 입고 있다는 것만으로 운동선수였다고 괜히 넘겨

짚은 건 아니었을까. 추리닝은 많은 사람들의 실내복이 된 지 오래였다. 내가 너무 노골적으로 바라본 탓인지 그 남자는 상체를 뒤로 뺐고 시선을 바닥 어딘가로 떨구었다. 체격은 크지 않았지만 다부져 보였다.

술집에 들어온 뒤로 그는 아무 말 없이 앉아 있었다. 누군가 우스갯소리를 할 때도 입을 벌리지 않은 채 웃었다. 웃었다라기보다는 입술 양 끝에 묶어놓은 실이 살짝 당겨지듯 입술 끝이 조금 올라갔을 뿐이었다. 그 모습 때문이었을까, 나는 그를 운동선수라고 넘겨짚은 걸로도 모자라 어디선가 분명 본 적이 있다고 확신하게 되었다.

추리닝 차림이라 그런지 두 사람은 비슷한 듯하면서도 비슷하지 않았다. 유심히 보니 그 남자의 코는 중간부터 휘어 살짝 내려앉은 듯 보였는데 그걸 알아챈 뒤로 나는 그 두 사람을 '뭉개진 귀'와 '내려앉은 코'로 분간하다가 그것마저 귀찮아질 때면 그냥 '귀'와 '코'로 줄여 부르게 되었다.

"자기야, 인사해, 여기 챔피언."

김이 내려앉은 코를 소개했을 때에야 나는 김

이 초대한 사람이 내려앉은 코고, 뭉개진 귀가 내려앉은 코를 따라온 사람이라는 걸 알았다. 내려앉은 코가 악수를 하려 손을 내밀었는데 손등의 뼈 마디마디마다 따개비 같은 굳은살이 얹혀 있었다. 내려앉은 코와 우그러진 손. 그는 권투 선수였다.

챔피언이라는 김의 소개에 몇몇 남자들이 우, 소리를 내면서 내려앉은 코를 돌아보았다. 겸손한 건지 창피한 건지 내려앉은 코가 고개를 숙였다. 그는 챔피언이라는 김의 소개를 그렇게 달가워하지는 않는 것 같았는데, 그런 느낌을 받는 순간 반짝 불이 들어오면서 언젠가 보았던 그의 얼굴이 떠올랐다. 나는 그 갑작스러운 깨달음이 너무 놀라워 검지를 들어 그의 이마 정중앙을 겨누는 결례를 하고 말았다.

"나 아는데. 챔피언."

맞은편에 앉은 한 남자도 그제야 챔피언을 알아본 듯 "혹시 밴텀급 아니셨어요?"라고 조심스레 물었다. 내려앉은 코가 우물쭈물 대답을 하기도 전에 그 남자가 확신에 찬 목소리로 말했다.

"맞군요, WBA 밴텀급 챔피언."

흥분한 남자가 자리에서 벌떡 일어섰다.

"WBA 챔피언! 이용구!"

장내 아나운서라도 된 듯 챔피언의 이름을 과장되게 외치던 남자가 뭔가 떠오른 듯 갑자기 입을 닫았고 옆에 앉은 남자가 그의 옷을 끌어당겨 자리에 앉혔다. 죄송합니다. 그때쯤 내 기억 속에서도 그 챔피언이 선명하게 떠올랐다. 정확하게 말하자면 어떤 권투 경기를 두고 부모님과 언니들이 주고받던 이야기들이었다. 그때 나는 처음으로 '승부 조작'이라는 말을 알았다. "일부러 져준 거라고, 일부러." 그런 것도 모르냐며 둘째 언니가 나를 흘겨보던 것도 떠올랐다. 나는 일부러 진다는 것이 잘 이해되지가 않았다. 어떻게 일부러 질 수가 있는 건가. 둘째 언니는 제대로 설명도 해주지 않으면서 윽박지르듯 말했다. "그런 게 있다고. 어린애는 몰라도 된다고."

김은 술집에 앉아 있는 사람들 모두 들으라는 듯 말끝마다 챔피언 챔피언, 했다. 그런 김이 나는 못마땅했다. 그건 챔피언을 치켜세운다기보다 자신의 인맥을 떠벌리려는 것으로밖에는 보이지 않았고 사실 매일 밤 김이 사람들을 불러 모아 술을 사는 것도 바로 그 이유에서인지 모른다고 생각해오던 차였다. 김은 어떻게든 술집 사장에게 잘 보여야 했으니까.

어쩌면 김이 내려앉은 코에 대해 잘 알지 못할 수도 있다고 생각했다. 하룻밤 사이에 그는 모든 사람들을 형 아우 삼곤 했으니. 정작 형 아우로 부르면서 그 사람에 대해 아는 건 없을지도 몰랐다. 그렇지 않고서야 어떻게 저렇듯 챔피언 챔피언, 할 수 있단 말인가. 다 흘려듣고 챔피언이라는 타이틀만 기억하고 있는 건가. 아니면 승부 조작 정도는 큰 죄가 아니라고 생각하는 걸까. 그냥 소문일 뿐이기도 했으니까.


김은 어디에 있나. 100킬로그램에 가까운 거구의 김이 팔랑개비처럼 더없이 가벼워지는 순간들을 봐왔다. 특히 술집 사장을 향해 "혀엉"이라고 부를 때였다. 팔랑개비도 그런 팔랑개비가 없었다.

"형엉, 우리가 1, 2년 본 사입니까?"

김이었다.

"앞으로 1, 2년 보고 말 사이도 아니잖아요, 그
래요, 안 그래요?"

가볍고 높은 톤, 이건 최였다.

그들이 사장 곁에 붙어 있는 건 리조트 때문이
었다. 김은 하루하루가 인생의 마지막 날인 것처
럼 살고 있었다. 건강 따위는 돌보지 않았다. 돈
을 아낀다거나 저축할 생각은 하지 않았다. 누가
봐도 미래가 있는 사람의 계획성 같은 건 찾아볼
수 없었는데 그런 그가 이렇듯 열심인 건 수중에
돈이 하나도 남아 있지 않다는 걸 뜻했다.

"자기야, 자기야."

김은 밀어라도 나누는 애인처럼 사장의 귀에
입을 바싹 대고 있다가 화장실에 다녀오는 나를
불렀다. 사장이 내 머리부터 발끝까지 천천히 훑
었다. 나는 그런 시선에 익숙했다. 예전에라면 주
눅이 들었을지 모른다. 나를 올려다보는 사장을
내려다보면서 나는 김이 무슨 이야기를 했는지
모르지만 사장이 김의 이야기에 귀 기울이지 않

고 있다는 것쯤 알 수 있었다. 김은 일목요연하게 말하는 데 서툴렀다. 그저 형이라고 부르면 다 된다는 식은 좀 곤란했다. 이럴 때 무슨 이야기를 해야 하나. 나는 사장의 시선을 피하지 않았다. 사장이 괴기스러워 보이는 데는 검게 염색한 머리카락도 한몫했다. 검은 머리카락 때문에 햇빛을 쬐지 못한 피부가 더욱 창백해 보였다.

김은 그렇다고 해도 대기업의 직원인 최마저 왜 이렇게 사람 보는 눈이 없는 건지, 이해할 수가 없었다. 술집의 홀 장식에 돈을 들이지 않는 것만 봐도, 사장은 눈앞에 있는 돈을 긁어모으는 일에만 급급한 사람이었다. 그들에게 호락호락하게 넘어갈 사람이 절대 아니었다. 나도 믿지 않는데, 그 산골에 리조트가 있다는 걸 믿지 않는데, 그곳은 허허벌판인데 있어봐야 감자밭일 텐데. 게다 지금은 감자도 캐고 아무것도 없을 텐데. 하지만 팸플릿에 나온 것과 같은 리조트가 그곳에 있다면, 팸플릿에 써 있듯 현실로부터 동떨어진 고요한 곳에 동화의 한 장면 같은 리조트가 있다면. 정말 그런 곳이 있다면 그곳에서 멀지 않은 곳에 나비생태박물관 하나쯤 있어도 좋지 않을까.

"그곳에는 나비생태박물관이 있어요."

불쑥 거짓말이 튀어나왔다. 일단 말을 뱉고 나자 팸플릿 속의 리조트에서 멀지 않은 황량한 벌판에 나비생태박물관이 서 있었다. 사장이 흥미롭다는 듯 내 쪽으로 귀를 내밀었다.

"그런 데까지 누가 올까 싶지만, 나비생태박물관이 있으니까요. 잠깐 동안 소란스러운 현실을 잊을 수 있는 곳이니까요."

나는 눈앞에 그려지는 그곳의 풍경에 대해 말했다.

"나비생태박물관에서는 사시사철 유충들이 부화해요."

나비박물관에는 주로 표본들만 있다. 상자 안에 표본된 죽은 나비들. 하지만 나비생태박물관에서는 살아 날아다니는 나비들을 만날 수 있다. 몸이 노곤해지면서 눈앞으로 나비 떼들이 일시에 날아올랐다. 파란 나비였다. 긴 인조 속눈썹을 붙인 눈들처럼 끔벅거리며 나비들이 눈앞에 날아다녔다.

"예, 나비들이요. 나비 떼들이 날아올라요. 온실 가득히요."

온실은 덥고 습하다. 잎 넓은 나무들이 우거졌다. 방 하나는 온통 철망이 둘러져 있는데 그곳에는 고치들이 매달려 있다. 막 부화를 하는 것들도 있다.

"슬프게도 부화하지 못하고 그냥 말라버리는 것도 있어요. 가장 아름다운 건 번데기에서 나와 젖은 날개를 말리는 나비들이에요. 다 마른 날개가 활짝 펼쳐질 때……."

거짓말이 아니었다. 작은 연못의 바위에는 거북이들이 달라붙어 있다. 울긋불긋한 나뭇잎들 사이로 휘리릭 움직이는 것은 카멜레온이다.

"황량한 그곳까지 누가 올까 싶겠지만요, 동화 같은 리조트에서 얼마 떨어지지 않은 곳에 나비 생태박물관이 있어요. 주말이면 아이들을 데리고 갈 수 있지요."

거긴 황량한 벌판뿐인데, 나비생태박물관은커녕 나비박물관도 없는데, 살아 날아다니는 나비는 물론이고 나비 표본도 없는데. 모두모두 김과 최의 거짓말인데, 둘이 작당해서 나이 든 남자의 돈을 빼앗으려는 속셈인데, 그런데도 나는 이야기를 멈출 수가 없었다. 언젠가 작은 무대에서 떨어지지 않으려 춤을 추던 그때처럼, 엉덩이를 밀면서 무대 안으로 들어가려 애를 쓰고 있었다.

날아오른 나비 떼가 모두 사라진 것처럼 허전해졌다. 질을 속인 위스키와 오래된 안주, 업데이트 되지 않은 노래방 기계, 원색적인 쇼나 펼치는, 더럽고 냄새나는 이런 곳에 나는 왜 있나, 이 사람들은 다 뭔가. 마치 부나방처럼 몰려든 이 사람들은 대체 뭔가. 사람들이 밤새 먹고 마신 술값은 늘 김이 계산했다. 김의 곁에는 늘 사람들이 떠나지 않았다. 캠프파이어를 하듯 둥그렇게 모여 앉아 있었다. 이렇게 만난 사람들 하나하나가 모두 스승이라고 말하곤 했지만 김의 진심은 그게 아니었다. 때에 따라 자신이 이용할 수 있도록 가능한 한 많은 사람들을 물망에 올려놓고 있는 셈이었다. 3년 전 내게 그랬던 것처럼.

"먼저 가 있어. 금방 따라갈게"라고 말하던 김의 목소리가 떠올랐다. 그의 얼굴이 차창 밖으로 조금씩 멀어지고 있었다. 그렇다면 그런 김으로부터 점점 멀어지고 있는 차 안의 사람은 누구인가. 어디로 가고 있는 건가. 순간 나는 뭉개진 귀가 어떻게 내 오른쪽에서 지금의 그 자리로 옮겨 앉았는지 알 수 있었다. 나는 눈을 떴다. 휙휙 고속도로의 가로등이 일정한 간격으로 스쳐 지나갔다. 내가 눈을 뜨기를 기다리기라도 한 듯 운전석에 앉은 뭉개진 귀가 룸미러를 응시한 채 조수석의 남자에게 말을 걸었다.

"일어났네요."

조수석에 앉아 있던 남자가 상체를 쑥 빼고 뒷좌석의 나를 돌아앉았다. 내려앉은 코였다. 뭉개진 귀와 내려앉은 코 모두 함께 있었다. 대체 왜 뭉개진 귀가 김의 랜드로버를 운전하고 있는 건지, 내가 그들과 어디로 가고 있는 건지 영문을 알 수 없었다. 불과 몇 시간 전에 그들과 처음 만났다. 대체 잘 알지도 못하는 그들과 어디로 가고 있는 것일까?

집을 나온 지 사흘째였다. 이사를 들어갈 집은 보름 뒤에나 비워졌다. 짐은 이삿짐센터를 통해 보관해두었지만 당장 머물 데가 없었다. 필요한 물건만 트렁크에 챙겼다. 김은 친정에 가 있으라고 했지만 나는 그의 말을 듣지 않았다.

그렇다면 오늘 김이 내려앉은 코에게 연락한 건 술을 마셔서 운전할 수 없는 자기 대신 자신의 아내를 어딘가로 실어다줄 사람이 필요했던 것일지도 모른다. 무슨 이유에서인지 내려앉은 코는 운전할 수가 없었고 그래서 운동하는 후배들 중 물색해 뭉개진 귀를 부른 것일 테고. 먼 곳에서 북이 울리듯 둥둥 두통이 시작되었다. 술이 깨고 있었다. 나는 내가 어디로 가고 있는지 알아챘다. 나비생태박물관이었다.

국도로 접어들고 얼마 달리지 않아 도로 폭은 랜드로버 한 대가 겨우 지나칠 수 있을 만큼 좁아졌다. 뭉개진 귀도 겁을 먹었는지 속도를 한참 줄였다. 야트막한 산길로 접어들었다. 길가의 나뭇가지들이 휙휙 차의 지붕과 차창을 후려치듯 지나갔다.

비포장도로를 달리면서 우리는 이리저리 마구 흔들렸다. 돌을 밟은 랜드로버가 튀어 오르면서 트렁크에 실어둔 박스들이 덩달아 튀어 올랐다가 떨어지는 소리가 들려왔다. 여행용 가방도 트렁크 안에서 이리저리로 밀려다녔다.

산길로 접어들기 전 어떻게 알았는지 뭉개진 귀가 읍내의 편의점 앞에 차를 세웠다. 마지막 편의점이라고, 살 게 있다면 지금 사야 한다고 했다. 화장실에 간다고 차에서 나온 뭉개진 귀와는 달리 내려앉은 코는 춥다면서 차 안에 있겠다고 했다. 캔맥주와 물, 작은 고추장이 동봉된 멸치 같은 마른안주를 사서 박스에 담아 들고 나오는데, 마침 화장실에 다녀오던 뭉개진 귀가 보고는 냉큼 달려와 박스를 받았다.

가로등 하나 없었다. 눈앞에 펼쳐지는 건 짙은 어둠뿐이어서 나는 수시로 눈을 비벼댔다. 뭉개진 귀가 모는 랜드로버의 헤드라이트 불빛에 잠깐잠깐 풍경이 살아났지만 대부분 차창에 비치는 건 입을 꾹 다문 뭉개진 귀와 눈을 감고 있는 내려앉은 코의 얼굴뿐이었다. 불빛의 가시거리도 짧아 좀처럼 속도를 낼 수 없었는데 뭉개진 귀도 답답했는지 상체를 핸들에 딱 붙이고 목을 길게 빼서 창밖을 두리번대고 있었다.

불빛 바로 밖은 벼랑처럼 검었다. 나는 가끔 뒤를 돌아보았다. 언제부턴가 뒤를 따라오는 차들도 끊기고 캄캄한 어둠뿐이었다. 도시로부터 얼마나 멀리 떨어진 곳인지 그제야 실감이 났다. 언니들 말처럼 리조트는 없을 수도 있다. 감자밭일지도 모르지. 그마저도 지금은 다 캐고 아무것도 없을 테지. 거실 바닥에 주저앉아 어린애처럼 다리를 버둥대면서 울던 일이 떠올랐다. 너무도 부끄러워서 이대로 사라져서 다시는 돌아가지 않아도 좋겠다는 생각이 들었는데 그러자 누구에게랄 것도 없이 화가 치밀어 올라, 사라진다면 결코 아무도 찾지 못하는 곳으로 사라져주겠노라고 주먹을 꽉 쥐었다.

개울을 건넜다. 랜드로버가 기우뚱 기울었다. 돌돌돌 물 흐르는 소리가 귓속으로 지나갔다. 잠시 뒤 길은 평평해지고 랜드로버는 오른편으로 강을 끼고 달렸다. 강 너머로 농담을 달리한 겹겹의 어둠이 펼쳐졌는데 새벽이라 그런지 인가의 불빛은 보이지 않았다. 길을 잘못 든 건 아니었다. 그랬다면 내비게이션이 가만히 있었을 리 없을 테니까. 언제부턴가 아무런 안내 멘트도 없었지만 지도 위의 붉은 화살표는 정확히 가야 할 방향을 가리키고 있었다.

말수가 적은 내려앉은 코야 그렇다 치고 술집에서 처음 만난 사람들과도 이야기를 잘 나누던 뭉개진 귀도 웬일인지 별말이 없었다. 나란히 놓고 보니 그 둘은 너무도 딴판이었다. 그런데 왜 그렇게 둘이 비슷해 보였던 것일까. 아무래도 저들이 입은 추리닝 때문인 것 같았다.

눈을 감고 졸고 있다고 생각했는데 전면 창에 김이 서리자 내려앉은 코가 재빨리 차창을 내렸다. 열린 창틈으로 선득한 바람이 들어오면서 김이 사라졌다. 짓이긴 듯한 알싸한 나무뿌리 냄새가 어디선가 났다. 창에 서린 김이 사라지기만을 기다렸다는 듯 내려앉은 코가 재빨리 차창을 올리며 몸을 부르르 떨었다. 추위를 몹시 타는 모양이었다.

어린애는 몰라도 된다고 했지만 나는 조간에 끼어오는 스포츠 신문의 기사를 여러 번 읽었다. 챔피언이라는 타이틀보다 그를 오래 따라다닌 건 '치욕적인 방어전'이라는 신문기사의 제목이었다. 그 누구도 그가 그렇게 허망하게 지리라고 예상하지 못했다. 잽이라도 한 번 날리는 걸 봤으면 이렇게 억울하지는 않을 거라고 아버지는 마치 챔피언의 코치라도 되는 양 허탈해했는데, 나중에 알고 보니 동네 친구들과 내기를 걸어서였다. 기껏해야 막걸리 내기였지만 내기는 내기였다.

그는 정말 제대로 된 주먹 한 번 날려보지 못했다. 시합 내내 도망 다니기에 급급했다. 코너로 몰리고 그때마다 도전자의 주먹을 피하려 글러브 낀 손으로 자신의 얼굴을 가렸다. 정말 돈을 받고 일부러 진 것일까, 아니면 또 다른 소문처럼 약을 먹었던 걸까. 문득 고개를 들었다가 룸미러 속에서 뭉개진 귀와 눈이 마주쳤다. 그가 말했다.

"다 왔네요."


뭉개진 귀가 적당한 곳을 찾아 주차장을 한 바

퀴 도는 동안 나는 언덕 위에 띄엄띄엄 들어선 리조트를 올려다보았다. 자디잔 돌들이 바퀴에 짓눌리는 소리가 났다. 넓은 주차장 한쪽에 대형 버스 두 대가 나란히 주차되어 있었다. 거짓말이 아니었다. 리조트가 있었고 찾아오는 사람들이 있었다. 여기까지 오는 동안의 길을 떠올리자 험난한 길을 달려 이곳을 찾아오는 사람들이 있다는 것이 신기했다. 한편으로는 많지는 않지만 사람들이 알고 이 먼 곳까지 찾아오는데 왜 헐값에 이곳을 내놓으려는 건지 의아했다.

어둠 속에서 희끗희끗하게 빛나던 건 무덤이 아니라 버섯 모양을 한 리조트의 지붕들이었다. 새벽이라 그런지 방들의 불은 모두 꺼져 있었고 동화 속 한 장면 같던 리조트 전경은 볼 수 없었다.

새벽에 이곳으로 들어올 자동차라야 이곳 손님밖에 없다는 걸 안 모양인지 자동차가 서자마자 언덕의 중턱에 있는 건물의 문이 열리고 누군가 나와서 손전등을 비췄다. 야트막한 언덕을 따라 완만한 호를 그리며 계단이 나 있었다. 좀 전까지

비가 왔었는지 계단의 모서리 부분은 빗물에 젖어 검게 번들거렸다.

손전등 불빛 뒤로 키가 크고 매우 마른 남자의 실루엣이 드러났다. 남자가 뛰듯이 계단을 내려왔다. 양팔 가득히 무언가를 감싸 들었는데도 한 번에 계단을 두 칸씩 뛰었다. 그의 몸이 공중으로 뛰어오를 때마다 가윗날이 교차되듯 긴 다리가 크게 벌려졌다가 모아졌다.

리조트로 올라가는 계단 앞에서 손전등을 든 남자와 마주쳤다. 손전등 불빛에 눈이 부셨다.

"사장님께 연락을 받고 기다리고 있었습니다. 묵으실 방은 계수나무 방입니다. 이리로 오십시오. 어두우니까 조심하십쇼."

사장이라면 리조트의 사장인 건지 김인 건지 알 수 없었다. 손전등 불빛에 남자의 얼굴은 자세히 보이지 않았지만 정중한 인사말에도 불구하고 혀 짧은 소리처럼 말투 어딘가에서 고등학생 느낌이 났다. 박스를 든 뭉개진 귀와 트렁크를 끌던 내려앉은 코가 성큼 앞으로 나서자 남자가 움찔 놀랐다. 일행이 있다는 말은 전해 듣지 못한 듯했다. 당황한 남자가 손전등을 들어 귀와 코의 얼굴을 정면으로 비춘 모양이었다. 말없이 손으로 눈을 가린 내려앉은 코와는 달리 뭉개진 귀가 나지막이 욕설을 내뱉었다.

"아, 씨, 거 손전등 좀 끕시다. 나 이런 상황 정말 싫어해."

계수나무 방은 언덕 제일 아래쪽에 있었지만 계단 옆으로 난 샛길로 조금 걸어 들어가야 했다. 방 옆은 관목이 울타리처럼 둘러쳐 있었는데 그 너머는 그네와 시소가 있는 작은 놀이터였다. 버섯의 갓 모양인 둥근 지붕은 이쪽 지방 특유의 너와지붕을 흉내 냈고 기둥 같은 벽에는 황토가 발려 있어 황토찜질방 같은 분위기가 났다.

나는 문 앞에 서서 랜드로버가 주차장을 빠져나가는 것을 지켜보았다. 나란히 앉아 있을 때와는 달리 조금 거리가 멀어지자 또 누가 누군지 알 수 없었는데, 올 때와는 달리 갈 때 운전은 내려앉은 코가 하는 모양이었다. 분명하지는 않았다. 몸을 옹송그리고 랜드로버의 운전석까지 종종걸

음으로 간 사람이 내려앉은 코일 거라고 추측만
할 뿐이었다. 추위를 타는 쪽이 내려앉은 코였으
니까. 너무 다른 저 둘이 저렇게 비슷하게 보이는
건, 아무래도 추리닝 때문인 것 같았다.

신발을 벗고 들어가니 미리 난방을 해두었는지
발바닥으로 따뜻한 기운이 올라왔다. 오랫동안
환기가 되지 않았는지 매콤한 먼지 냄새가 났다.
내려앉은 코가 좋아할 만한 방이라고 생각했다.
뭉개진 귀는 전혀 추위를 타지 않는 것처럼 보였
는데 문득 두 사람이 한방을 쓰는 모습이 떠올라
웃음이 나왔다. 추리닝을 입은 그들의 모습이 다
생략되고 뭉개진 귀와 내려앉은 코만 남아 방의
온도를 더 올려라, 마라 티격태격하고 있었다.

버섯의 자루 모양이라 둥그스름한 거실을 3인
용 레자 소파를 기준으로 둘로 나누었는데, 한쪽
은 화장실과 방, 다른 쪽은 부엌이었다. 간단한
조리 정도가 가능한 부엌으로 컵과 그릇, 냄비 등
도 있었다. 개수대와 조리대는 물기 하나 없이 깨
끗했지만 오래전 누군가 끓여 먹은 김치찌개의
냄새가 밴 듯 퀴퀴했다.

불빛 아래에서 보니 말투만큼이나 앳된 청년이었다. 고등학교 2학년, 3학년? 체크무늬 유니폼 조끼를 입고 있었는데 제 것이 아닌 듯 헐렁해 보였다. 졸다 깨다 했는지 눈두덩이 부어 있었다. 청년이 보일러 작동법과 인덕션 사용법 등 소소한 주의사항을 알려준 뒤 그때까지 안고 있던 수건 더미를 소파 위에 올려두었다. 한 달은 써도 될 듯한 양이었다. 수건 위에 계수나무라고 적힌 나무 팻말에 걸린 열쇠가 얹혀 있었다. 오랜만에 보는 고전적인 열쇠였다.

"궁금한 점이 있으면 안내 데스크로 연락 주십시오, 그럼 쉬십시오."

어딘가 외운 것을 그대로 읊는 듯했다. 청년이 나가고 발소리가 멀어지기를 기다렸다가 그때까지도 현관에 놓여 있던 박스에서 캔맥주 하나를 꺼내 뚜껑을 땄다. 차 안에서 얼마나 흔들렸는지 거품이 뿜어져 나왔고 허겁지겁 캔 입구로 입을 가져다 대다가 나는 문득 내 모습이 반사되는 커다란 발코니 창을 보았다. 거기 나 말고 누가 또 있었다. 어둠 속에 서서 방 안을 들여다보는 검고 커다란 두 눈. 몰래 숨어 지켜보고 있는 것이 아니라 언제든 틈을 봐서 쳐들어오고야 말겠다는 듯 위협적이기까지 했다.

소스라치게 놀라 고함도 나오지 않았다. 상대방은 내가 자신의 존재를 알아차렸다는 걸 알았음에도 도망가지도 않고 거기 그대로 서 있었다. 간신히 발을 옮겨 창으로 다가갔다. 커다란 두 눈이 끔벅 움직였다. 나는 마른침을 삼켰다. 다시 커다란 두 눈이 감겼다가 떠졌다. 가까이 다가가서야 나는 그것의 정체를 알 수 있었다. 나방이었다. 날개에 눈동자처럼 크고 검은 얼룩이 있는 커다란 나방이었다. 창을 두들겼지만 나방은 꿈쩍하지 않았다. 커튼을 치려고 보니 창에 아예 커튼이 달려 있지 않았다. 커튼이 없는 방이었다. 거실뿐 아니라 창이란 창에는 아무것도 달려 있지 않았다.

웅얼거리는 말소리에 잠이 깼다. 눈을 뜨자마자 무언가에 쪼이듯 눈을 질끈 감고 말았는데 도시에서는 한 번도 경험한 적 없는 강렬한 아침 햇

살이 침대 위로 폭포수처럼 쏟아지고 있었다. 얼마나 눈이 부신지 거대한 돋보기라도 있어 침대 쪽으로 햇빛을 모으고 있는 듯했다. 빛 때문에 인상을 쓰고 잔 모양이었다.

여전히 웅얼웅얼하는 말소리 사이로 우는 듯한 소리가 끼어들었다. 소리의 진원지는 알 수가 없었다. 다만 한 사람은 아니었다. 많은 사람들이 한꺼번에 기도라도 하고 있는 듯했다. 하는 말들이 다르고 소리도 맞춰지지 않으니 웅얼대는 것처럼 들리는 것 같았다. 뭐라고 뭐라고 간절한 듯한데 내용을 알아들을 수는 없었다. 주차장에 주차된 두 대의 버스가 떠올랐다. 기도하기로 이만한 곳은 없을 듯했다.

뜬눈으로 밤을 새우다시피 하다 해가 뜰 무렵 잠깐 잠이 든 참이었다. 창에는 커튼이 없을뿐더러 창을 잠그는 고리도 떨어지고 없었다. 짓다 만 건지 오래되어 낡아 떨어진 건지 알 수 없었다. 창 저 너머 들판이 펼쳐지고 그 위로 강물이 흐르고 있었다. 평화로운 풍경이었다.

당장 커튼부터 달아달라고 할 셈이었다. 대충

썼고 스웨터만 걸친 채 밖으로 나왔다. 따뜻한 방
안 기운 때문인지 밖은 생각보다 훨씬 쌀쌀해서
나는 어젯밤 내려앉은 코가 그랬듯이 몸을 부르
르 떨었다.

한눈에도 팸플릿의 광고 문구와 거리가 멀었
다. 다양한 크기의 방들이 산을 깎아 만든 계단
을 따라 올라가면 한 채, 또 한 채 나왔는데, 그런
방들이 산 전체에 펼쳐져 있는 듯했다. 크고 작은
버섯들이 대략 스무 채는 넘어 보이는, 한눈에도
꽤 규모가 되는 리조트였다. 하지만 손을 본 지
오래된 듯 버섯들의 갓은 물론이고 기둥과 창틀
곳곳이 낡아 보였다. 색이 날아가고 외장재가 벗
겨져 시멘트가 드러난 버섯 모양의 건물들은 흉
측해 보였다. 누군가 선뜻 인수하러 나설 리 없었
다. 수리비만으로도 큰돈이 들어갈 테니까. 동화
속 한 장면 같다는 팸플릿 속의 말은 과거에는 유
효했을지 모르겠지만 그 전경을 보려면 최소 버
스로 한 정거장쯤은 멀어져야 할 것 같았다. 단
하나는 맞았다. 모든 현실로부터 떨어진 곳.

계수나무 방처럼 작은 곳도 있었지만 많은 인

원을 수용할 수 있는 아주 큰 버섯도 있었다. 저 정도의 크기라면 작은 교회의 신도들이 다 모여 기도를 할 수 있겠다고 생각했고 그러자 방금 들은 게 기도 소리라는 확신이 들었다.

커튼에 대해 문의하려면 어디로 가야 하나, 문득 어젯밤 청년이 나온 건물이 떠올랐다. 구불구불한 계단이 끝 간 데 없이 이어졌다. 빗물에 젖은 듯 번들거리던 것은 검은 침목 때문이었다. 나무 침목으로 만든 계단이었다. 침목은 썩은 듯 거무스름했고 곳곳이 패어 있었다. 팬 곳마다 흙이 쌓여 있었고 어김없이 풀이 나 있었다.

청년이 계단 두 칸을 한 번에 뛰어 내려오던 것의 비밀도 밝혀졌다. 침목과 침목 사이가 두 계단만큼이나 넓었고 그 계단을 한 번에 내려오려면 자연스럽게 보폭을 넓힐 수밖에 없던 것이다. 정확히 말하면 청년은 계단을 한 칸씩 내려온 거였다. 어두운 밤 멀리서 보다 보니 몇 계단을 한 번에 건너뛰는 것처럼 보였을 뿐이었다. 그러나 여자치고 평균키인 내게 침목과 침목 사이의 거리는 너무 넓었다. 한 번에 딛고 올라갈 수 없었고 계단을 올라 다음 계단까지 좁은 보폭으로 두 걸음쯤 되다 보니 마치 전족을 한 옛 중국 여인처럼 종종거리는 모양새가 되고 말았다. 나는 종종종 침목으로 만든 계단을 밟고 언덕을 따라 올라갔다.

방으로 들어가는 길목에 놓인 철제 쓰레기통도 녹이 슬어 금방이라도 떨어질 듯 보였다. 언제 버렸는지 녹이 슨 부탄가스통이 나뒹굴고 있었다. 관목 숲에 깨진 술병이 흩어져 있고 움푹 팬 타일에는 곰팡이가 피어 있었다.

안내 데스크에는 아무도 없었다. 데스크 벽에는 둥근 시계들이 여러 개 걸려 있고 각기 다른 시간들을 가리키고 있었는데 어느 것은 이미 작동을 멈춘 것처럼 보였다. 건물 지하에 식당이 있는 듯 댕강댕강 그릇과 수저 같은 쇠붙이가 부딪히는 소리가 울렸다. 사람들이 많이 모인 듯 와자지껄한 소리가 위층까지 올라오고 있었다. 다시 방에 갔다 올라오려면 다리도 아플 테고 이왕 이곳까지 온 김에 한 끼를 때우자 싶었다. 식당으로 내려가는 계단의 타일들도 깨지고 금 간 것투성이였다.

식당은 국도의 휴게소 식당만큼이나 넓었다. 단체 손님이 몰려 한눈에도 빈자리가 없어 보였다. 배식 줄은 길게 늘어섰고 흰 조리복에 흰 장화 차림의 조리사들이 조리실에서 식당 한쪽의 배식대까지 분주히 오가며 떨어진 음식을 새로운 음식으로 채우고 있었다. 마치 학교 급식실 분위기와 비슷했는데 형식은 뷔페란 점이 달랐다. 스테인리스 식판과 수저를 챙겨 들고 길게 늘어선 줄 끝에 가 섰다. 노인에서부터 너덧 살 어린애들까지, 교회의 수련회인가 싶었다. 역시 교회 사람들이라 그런지 질서를 잘 지킨다고 생각했다. 줄이 길게 늘어섰지만 누구도 서둘지 않고 불평하지 않았다. 누구 하나 멋을 내지 않은 소박한 차림이었다. 비싼 옷은 아니지만 깨끗하게 빨아 입은 표가 났다. 화장을 짙게 하거나 요란한 장신구를 한 여자도 눈에 띄지 않았다.

황태해장국에 흑미밥이었다. 식판 가득 넘칠 듯 국을 담고 밥은 절반만 채웠다. 콩나물무침과 멸치조림을 담았다가 멸치조림은 조금 덜어냈다. 식당 제일 안쪽까지 들어가서 출입문을 등지고 창가 자리에 앉았다. 들기름으로 볶아 끓인 황태해장국은 보얗게 국물이 우러나왔다. 심심했다. 아니나 다를까 흑미는 잘 씹히지 않고 입속에서 자꾸 겉돌았다. 조금만 떠 오길 잘했다. 밥을 씹으면서 창밖을 건너다보았는데 저 멀리 리조트로 연결된 도로가 한눈에 들어왔다. 일부 구간 숲을 끼긴 했지만 대부분은 밭과 강 사이를 지나고 있었다. 그렇다면 어제 새벽 뭉개진 귀가 모는 랜드로버는 어느 길로 온 것일까. 대체 어느 길로 와서 오는 내내 차가 요동치고 튀어 올랐던 것일까. 내비가 안내하는 길을 따라왔을 뿐인데 아무리 생각해도 요상하기 짝이 없었다. 덜어내길 잘했다. 멸치조림은 소태같이 짰다.

식판을 들고 일어나 뒤돌아섰는데, 그사이 식당에 가득하던 교인들이 싹 빠져나가고 아무도 없었다. 그 많은 사람들이 일어나 나가려면 의자가 끌리고 발짝 소리가 나고 시끄러웠을 텐데 어떻게 몰랐을 수가 있나, 나는 어리둥절했다. 식판을 식기 반납구로 밀어놓고 계산할 곳을 찾아 두리번거리는데 조리실 안에서 위생 모자를 쓴 조

리사가 얼굴을 비쭉 내밀었다. 머리카락을 감싼
흰 모자 때문에 턱이 더욱 강하게 보였다. 그녀는
질긴 뭔가를 올공대고 있었다.

"단체예요, 개인이에요?"

이곳의 억양이 물씬 묻어났다.

"둘이 뭐가 달라요?"

뭘 그런 걸 다 물어보냐는 듯 여자가 나를 건너
다봤다.

"단체야 나중에 한 사람이 한 번에 계산하잖소.
개인이야 그때그때 내야 하고."

조리실 안의 누군가가 목소리를 높였다.

"어느 방이에요?"

나도 소리치듯 말했다.

"계수나무요."

"계수나무?"

자글자글 끓는 목소리가 잠시 사이를 두고는
아아, 했다. 그러고는 나와 이야기를 하고 있던
동료에게 뭐라고 했는데 얼핏 듣기에 그건 아무
래도 욕 같았다. 단체냐 개인이냐 묻던 조리사의
머리가 조리실 안으로 사라졌고 곧 "여기 그런 게

다 있었나?"라고 묻는 소리가 들려왔다. 잠시 두 사람이 무언가를 두고 이야기를 나누었는데 나에게까지 들리지는 않았다. 잠시 뒤 조리실 밖으로 얼굴을 내민 조리사가 식당 입구에 붙어 있는 화이트보드를 가리키며 거기 방 이름을 석고 가요, 라고 했다.

"왜 개인은 그때그때 내라면서요?"

그러니까 나도 그게 이상하다는 듯한 표정으로 조리사가 말했다.

"그쪽은 다르답니다. 나중에 한 번에 계산한답니다."

보드는 아침 점심 저녁으로 칸이 나뉘어 있었고 나는 아침이라는 칸 아래 계수나무라고 적고 로비로 올라왔다. 그때까지도 안내 데스크에는 아무도 없었다. 데스크 옆의 사무실 문이 비죽이 열려 있었는데 얼핏 봐도 텅 비어 있는 듯했다.

비품 보관소 같은 데가 따로 있을 텐데, 휴지나 수건 같은 것을 비치해두는 곳이 분명 어딘가에 있을 것 같았다. 손님이 바뀔 때마다 요와 이불의 커버도 바꿔야 할 테니 그러려면 꽤 큰 공간이어야 할 텐데, 혹시 세탁실과 가까운 곳에 있을까. 그렇다면 세탁실을 먼저 찾아야 하나. 다시 식당으로 내려가 물어볼까 싶었지만, 이번에도 그 조리사는 아무것도 모른다는 표정으로 단체예요, 개인이에요, 라고 물어볼 것만 같았다.

올라올 때와는 달리 침목 계단을 내려갈 때는 몸이 좌우로 뒤뚱거렸다. 언제 내려갔는지 한두 사람쯤 뒤처진 사람들이 보일 만도 한데 계단은 물론이고 언덕 아래 어디에도 사람은 보이지 않았다. 계수나무 방의 문에 열쇠를 꽂고 돌려 여는데, 누군가 그네를 타고 있는지 뒤편 놀이터에서 끼익끼익 녹슨 쇠사슬 소리가 났다.

잠깐 눈을 붙이고 일어나 보니 주차장에 서 있던 대형 버스 두 대가 사라지고 없었다. 대형 버스에 가려져 있어 어제는 보지 못한 듯, 빨간색 프라이드 한 대만 남아 있었다. 기도회에 온 교인들이 모두 돌아간 모양이었다. 방에 딸린 전화로 데스크에 전화를 걸었지만 신호만 갈 뿐 아무도 전화를 받지 않았다.

침목 계단을 종종거리며 올라가니 안내 데스크는 여전히 비어 있고 지하의 식당 쪽도 브레이크 타임인지 조용했다. 계수나무 방 쪽으로 내려가지 않고 계단을 밟아 더 올라갔다. 숨이 가빠질 때쯤 야트막한 산의 정상이 나타났다. 능선을 따라 비뚤배뚤 이어진 오솔길 위에 일정한 간격으로 나무 벤치가 박혀 있었다.

발 아래로 멀리멀리 들판이 펼쳐졌다. 산등성이와 나란한 하늘은 얼어붙은 저수지처럼 탁했다. 벤치에 앉아 담배를 꺼내 피워 물었다. 벤치 한쪽에 누군가가 갖다두었는지 음료 캔이 놓여 있었다. 천천히 피우고 난 담배를 음료 캔 뚜껑에 비벼 껐다. 잠시 뒤 한 대를 더 꺼내 천천히 피웠다. 얼마나 앉아 있었을까, 선득했다. 어느새 어스름이 깔리고 있었다.

내려오다 보니 언제 돌아왔는지 주차장에 대형 버스 두 대가 또 서 있었다. 교인들을 싣고 어디 견학이라도 다녀온 모양이었다. 안내 데스크가 있는 건물 앞을 지나치려는데 건물 안에서 클래식 음악이 흘러나왔다. 데스크는 여전히 비어 있었다. 나는 음악 소리가 나는 식당으로 내려갔다. 지갑을 챙기지 않았지만 상관없었다.

저녁의 식당은 너무 달랐다. 출장 뷔페라도 부른 듯 식단이 바뀌어 있었다. 스테인리스 식판 대신 접시들이 쌓여 있었다. 따로 돈을 받고 맥주나 소주도 파는 듯했다. 아침과는 달리 유니폼을 입은 직원들이 식당 곳곳을 돌아다니며 빈 접시를 치우고 주문받은 술을 가져다주었다. 동네 고등학생들을 아르바이트로 부른 듯 앳된 얼굴의 직원들은 어딘가 어설퍼 보였다.

주문한 맥주를 두 번에 나눠 마셨다. 맥주는 미지근했다. 아침에 만난 교인들일 텐데 분위기 탓인지 아침의 그들처럼 보이지 않았다. 같은 맥주로 한 병 더 주문하고 맥주가 오는 사이 음식을 가지러 갔다. 탕수육과 칠리새우 등 음식은 다양했지만 한눈에도 냉동 음식이라는 걸 알 수 있었다. 자리로 돌아오니 주문한 맥주가 와 있었다. 아침과 달리 식탁마다 희디흰 식탁보가 깔려 있었는데, 락스 냄새가 나는 식탁보를 보는 순간 리조트 안 어딘가에 있을 세탁실이 떠올랐다. 세탁실을 찾으면 커튼이 있는 곳도 알 수 있을 것 같았다. 하지만 지금으로서는 비품실도, 세탁실도 어디에 있는지 알 수 없었다.

창밖으로 어둠이 내리면서 들판 뒤로 펼쳐진 강이 실반지처럼 반짝이다가 사라졌다. 뭔가 인기척을 느끼고 실내를 둘러보았는데 아무도 없었다. 저 멀리서 젊은 여자가 두 팔을 벌리고 내 쪽으로 뛰듯 걸어오고 있었는데 딱 봐도 모르는 사람이었다. 아무리 그래도 모른다고 하지는 말아야지, 그쪽으로 몸을 돌리려다가 그제야 나를 올려다보고 있는 아기를 발견했다. 언제 왔는지 서너 살쯤 되어 보이는 여자아기가 내 외투 자락을 잡고 서 있었다. 가까이 다가온 젊은 여자가 아기를 번쩍 들어 올렸다. "모르는 사람한테 막 가고 그러면 돼, 안 돼?" 내려달라고 아기는 버둥거리고 아기 엄마는 아기를 고쳐 안으면서 내게 말했다.

"죄송해요. 애가 원래 모르는 사람한테는 안 가거든요. 절대 안 가거든요."

한참 운 듯 아기 엄마의 눈가가 짓물러 있었다.

울면서 기도했구나. 무슨 일이냐고 물어볼까봐
그랬는지 아기 엄마가 허겁지겁 돌아서면서 또
같은 말을 했다.

"모르는 사람한테 막 가고 그러면 돼, 안 돼?"

자꾸 듣다 보니 그 말이 이상한 사람한테 막 가
고 그러면 돼, 안 돼?라는 말로 들렸다. 둘러볼 필
요도 없이 넓은 식당 안에서 혼자 밥을 먹고 있는
사람은 나뿐이었다. 그게 아기 눈에도 이상해 보
였던 거고. 식당에 들어오고 혼자 식사를 가지러
가고 종업원이 자리에 맥주를 가져다줄 때마다,
몇몇 테이블의 사람들이 힐끗거리고 있다는 걸
느끼고 있었다. 그러고 보니 가까운 자리에 앉은
사람들의 눈두덩이도 부어 있었다. 단체로 기도
하면서 운 모양이었다. 김에게 전화를 걸었지만
신호음이 길게 이어지다가 소리샘으로 연결되었
다. 분명 이태원의 그 술집에 가 있을 것이다. 그
렇게 생각하자 뭉개진 귀와 내려앉은 코가 나란
히 떠올라 그들과 함께 이곳에 도착한 날을 헤아
려보았다. 며칠 지난 듯했는데 오늘 새벽이었다.
믿기지 않았다.

뒤뚱뒤뚱 계단을 내려오고 있는데 맞은편에서 체크무늬 조끼를 입은 키 큰 청년이 겅둥거리며 계단을 뛰어 올라오고 있었다. 어제 그 청년이었다. 다짜고짜 그 청년을 불러 세워 물었다.

"비품실은 어디에 있나요?"

"예? 비품실 말이십니까?"

"아, 됐고. 세탁실은요?"

내가 가까이 다가가자 청년이 코를 살짝 쥐고는 한 발 물러섰다.

"예에?"

"아니 아니, 커튼요. 어디 가면 있냐구요?"

"커튼……요?"

청년은 내 말을 한 번에 못 알아듣고 고개를 갸우뚱했다.

"커튼, 창에 치는 커튼."

그거야 알죠, 라는 표정이 청년의 얼굴에 스쳐 갔다.

"커튼이라면 창에 걸려 있지 않습니까?"

술 취한 사람의 주정이라고 생각하는 모양이었다.

"있으면 안 찾지, 없으니까 찾는 거지."

"예? 창에서 커튼이 사라졌다고요?"

"아니, 아예 없었다고요."

이런 상황은 처음인 듯했고 자신이 외운 매뉴얼 어디에도 대처 방법이 없는지 청년은 시무룩한 표정이 되었다. 혹시 커튼이나 수건 같은 게 없어지면 일차적으로 종업원들에게 책임을 묻는 걸까. 청년은 지금 사무실로 뛰어가서 윗분에게 알아보고 방으로 금방 연락드리겠다고 했다. 까딱 고개를 숙이고 가려는 청년을 다시 불러 세웠다.

"어디 방인지는 아시고?"

그것도 모르겠느냐는 듯 청년이 쿡 웃었다.

"알죠. 계수나무."

"아, 됐고! 다 쓴 수건은? 수건은 어디다 놔요?"

잠시 생각하는 듯하다가 청년은 "문 앞 적당한 곳에 두시면 곧 수거해 가겠습니다" 했다.

보안등 불빛에 검은 침목이 불길하게 빛났다. 어느 방에선가 왁자지껄 술 취한 목소리가 쏟아졌다. 데크에서 고기를 굽는지 고기 탄내가 풍겼다. 초등학생인 듯한 여자애가 노래를 부르고 어머니인 듯한 여자가 화음을 넣었다. 곧이어 박수 소리가 들렸다. 어디에선가 병 깨지는 소리가 들렸다. 모깃소리 같은 가느다란 여자의 목소리가 "가만두지 않을 거야"라고 말하고 앵 울음을 터뜨렸다.

현관 옆 초인종 아래 맥주를 사 온 박스를 놓고 그 안에 쓴 수건을 던져두었다. 냉장고에 넣어 둔 캔맥주를 꺼냈다. 접시에 마른멸치를 덜고 동봉된 고추장도 짜놓았다. 멸치의 머리에 고추장을 찍으면서 왜 나는 꼭 멸치 머리에 고추장을 찍는 걸까 생각했다. 야, 너 빨간 모자 썼구나. 언니들이 해주던 우스갯소리가 떠올랐다. 고추장을 찍은 멸치를 만난 문어가 멸치를 힐끗 보더니 그 말을 했다는데 그게 뭐 그렇게 재미있다고 눈물이 쏙 빠지게 웃었던 건지…… 청년은 전화를 하지 않을 것이다. 커튼은 구할 수 없을 것이다. 금방, 곧, 이런 말들을 입에 달고 사는 사람들 말은 이제 쉽게 믿지 않는다. 오후에도 김은 금방 간다 기다려, 라는 문자를 남겼다. 금방 오지 않을 거면서 왜 그런 말을 하는 걸까. 아, 됐고. 됐고. 됐고. 나는 도리질을 하듯 마구 고개를 내저었다. 뒤뚱거리면서 계단을 내려온 탓인지 두 무릎이 뻐근했다.

해를 가릴 커튼이 없다면 해가 뜨는 동쪽을 피하면 될 일이었다. 방향을 살펴보니 소파 앞이 제격이었다. 요를 깔고 앉아 텔레비전을 보고 맥주를 마셨다. 그러다 양치질도 하지 못하고 그대로 잠이 들었다. 몇 시인 줄 모르겠는데 발코니 아래를 내려다보니 주차장에 서 있던 버스 두 대가 사라지고 없었다. 빨간색 프라이드 한 대만 남아 있었다.

스웨터를 껴입고 밖으로 나가보았다. 박스 속의 수건은 그대로였다. 어젯밤 예상대로 청년은 전화를 하지 않았다. 물론 수건을 수거해 가지도 않았다.

너무 늦게 온 탓일까, 식당에는 아무도 없고 급식대도 아예 치워져 보이지 않았다. 조리실 안에서 조리사가 고개를 내밀었다. 나를 알아보는 눈치였다.

"아침 뷔페가 없어졌네요?"

아침 뷔페라니 무슨 생뚱맞은 소리인가 하는 표정으로 조리사가 내 얼굴을 살폈다.

"아침요, 분명 여기에서 교회 사람들하고 아침을 먹었는데요."

그제야 알겠다는 듯 조리사가 웃었다.

"그건 단체 손님이 있을 때고요, 지금 여기 누가 있어요, 손님 하나뿐인데 손님 하나 때문에 상을 차려놔요?"

조리실 안쪽에서 다른 조리사가 누가 왔냐고 물었다.

"응 그 손님."

그 손님이라니? 두 사람이 내 이야기를 한 적이 있나? 궁금해하고 있는데 조리실 안에서 "아아!" 하는 소리와 함께 또 그 욕 같은 말이 이어졌다. 한 번이면 잘못 들었다고 하겠지만 벌써 두 번째였다. 조리사가 말했다.

"김치찌개, 된장찌개. 뭐든 말만 해요."

된장찌개라고 말하고 자리로 가 앉으려는데 조리사가 확인하듯 말했다.

"투가리로 나가요, 알았죠?"

주문한 지 10분도 안 되어 펄펄 끓는 뚝배기
가 나왔다. 밥은 흑미밥이었다. 남은 밥을 전자레
인지에 돌린 모양이었다. 밑반찬은 배추겉절이와
멸치조림이었다. 집 된장으로 끓였는지 된장찌개
맛이 묵직했다. 여전히 흑미는 입안에서 겉돌았
고 멸치조림은 짰다.

밥을 먹는 나를 물끄러미 보고 있던 조리사가
물었다.

"그런데 교회 사람들이라니, 무슨 말이래요?"

"어제요. 아침 먹으러 식당에 온 사람들요, 아
침부터 기도를 하던데요?"

"기도를요? 그 사람들이 왜요?"

교인들이 기도를 하는 게 뭐가 이상한 일인가
싶었다.

"손님도 참, 그 사람들 교회 다니는 사람들 아
니에요. 단체로 오기는 했는데 교회는 아니에요.
뭐라더라? 아무튼 교회는 아니에요."

그럼 왜 아침부터 단체로 기도를 했던 것일까.
웅얼웅얼하는 기도 소리에 잠에서 깼는데, 그럼

그 소리는 뭐였을까.

"손님이 봤어요? 그 사람들 기도하는 거 봤어요?"

물론 두 눈으로 본 건 아니었다. 그럼 기도 소리라고 착각한 그 소리는 무엇이었을까. 기도도 아닌데 무엇 때문에 그렇듯 간절하게 이야기했던 것일까. 다 먹은 그릇을 식기 반납구에 밀어 넣었다. 식당 한쪽의 카페테리아 쪽으로 건너가니 언제 왔는지 조리실의 조리사가 건너와 있었다.

"아이스요? 핫이요?"

좀 전의 그 조리사인 줄 알았는데 자글자글한 모래알 같은 그 목소리였다. 머리카락을 다 가리는 조리사 모자를 써서 한눈에 몰라봤는데 다시 보니 얼굴이 둥글었다. 조리실 안에서 뭐라고 욕을 내뱉던 여자. 곱상한 얼굴과 목소리가 너무 어울리지 않았다. 커피를 건네받는데, 오호, 여자가 반색하며 물었다.

"그런 건 얼마나 해요?"

내가 차고 있던 손목시계를 알아본 모양이었다. 나는 나대로 이런 촌에서 까르띠에를 알아보

는 그녀가 신기해서 새삼스럽게 그녀의 얼굴을
들여다보았다.

"모르죠."

"오, 선물 받으셨구나."

여자가 부럽다는 듯 끌끌끌 웃었는데 웃음소리
의 끝이 기침으로 이어졌다. 보드의 아침 칸 아래
계수나무라고 적고 있는데 조리실 안에서 모래알
목소리가 소리를 높였다.

"심심 안 해요? 요 뒷산에 한번 올라가봐요. 밤
이 잔뜩 열렸어요. 밤 딴다고 너무 깊게 들어가지
는 말고요."

뭐가 우스운지 그렇게 말해놓고 웃었는데 이번
에는 기침이 터지지 않고 웃음소리가 길게 이어
졌다. 이런 정보까지 주는 걸 보면 분명 욕은 아
니었을 것이다. 그럼 그게 무슨 말이었을까. 투가
리처럼 이곳 사투리인가. 보드판에는 어제 아침,
저녁 내가 적어둔 계수나무라는 글자밖에는 없었
다.

조리사에게 벌써 그곳에 가보았다는 말은 하지
않았다. 벤치 곁에 마시고 남은 음료 캔을 둔 게

당신이냐고 묻지도 않았다. 산 정상으로 올라가 벤치에 앉아 커피를 마셨다. 조리사의 말처럼 밤나무 천지였다. 따 가지 않은 밤송이가 가지에서 익어 벌어졌다. 담배를 꺼내 피워 물었다. 천천히 피우고 빈 음료 캔에 비벼 껐다. 저 아래 키가 큰 청년이 주차장에서부터 올라오고 있었지만 어제처럼 유니폼 차림은 아니었다. 내려가면서 다시 말할까 했지만 그만두기로 했다. 커튼 하나 말하는데도 너무 공력이 들었다. 이곳에는 비품실도 없고 세탁실도 없고 그러니 커튼은 애당초 없었을 것이다.

식당을 찾는 사람은 나뿐이었다. 조리사들은 아예 조리실 밖으로 나와 의자들을 붙이고 누워 있다가 인기척이 나면 일어나 앉았다. 밥을 먹고 나면 화이트보드에 방 이름을 적었다. 언제부턴가 아침을 건너뛰고 저녁도 건너뛰었다. 계수나무 방 앞의 박스에는 쓴 수건들이 조금씩 쌓여가고 있었지만 누구도 수거해 가지 않았다. 식사를 한 뒤엔 산에 올라가 담배를 피웠다. 내려오는 길에 보이는 주차장에는 빨간색 프라이드 한 대만 남아 있었다. 주차장이 넓은데도 프라이드는 늘 한자리만 고수했다.

저녁에 먹으려고 매점에 들러 컵라면과 천하장 사 소시지를 샀다. 매점과 카페테리아, 조리실은 안쪽으로 트여 있어서 조리사들이 식당 조리실과 카페테리아 이쪽저쪽을 마구 넘나들었다.

"거기 가봤어요?"

모래알 목소리의 여자가 물었다.

"좋죠? 나도 가끔 올라가요."

그녀가 목소리를 낮췄다.

"거기서 담배 피우면 담배 맛이 완전 죽여줘 요."

아, 그래서 목소리가 저렇구나, 나는 고개를 끄 덕였다.

"벌써 아시는구나?"

여자가 이번에도 또 길게 웃었다. 별안간 여자 가 정색했다.

"그래도 너무 깊이 들어가지는 말고요. 밤 따러 갔다가 못 나온 사람이 있어요."

시치미를 뚝 떼고 이야기하는 모습이 거짓말인지 아닌지 짐작을 할 수 없었다. 내 표정을 살피던 여자가 또 웃음을 터뜨렸다.

"아니, 그럴 뻔했다고요. 밤을 줍는데 신이 나서 들어가다 들어가다, 들어가선 안 될 곳까지 들어갔다는데요. 탈진에, 추위에 목숨이 경각까지 간 사람을 경찰이 찾았죠."

여자는 그게 누구라고는 말하지 않았다. 아마 동네의 노인이었겠지. 가끔 도토리를 줍거나 버섯을 따러 산에 들어간 노인들이 길을 잃었다는 기사가 뜨곤 했으니까. 나는 여자에게 대체 욕 같은 그 말이 뭐냐고 물어보려다 말았다. 비닐봉지를 달랑거리면서 식당을 나가려는데 그 여자가 물었다.

"오늘 필요한 건 없죠? 다 산 거죠?"

왜 그런 걸 묻나 의아해할 틈도 없이 그녀가 목소리를 높였다.

"그럼 우린 퇴근합니다."

저녁 여섯 시쯤 빨간색 프라이드가 주차장을 빠져나갔다. 조리실의 두 여자가 운전석과 조수석에 탄 뒤 차가 조금 움직였다. 뒤늦게 뛰어온 청년이 차의 뒷좌석에 올라타자마자 프라이드가 속도를 높여 주차장을 벗어났다.

컵라면에 끓는 물을 붓고 면이 익기를 기다리면서 맥주를 마셨다. 어느새 밖이 캄캄해졌다. 주차장에 주차된 차가 없다면 지금 리조트에 남아 있는 직원은 어떻게 퇴근을 하는 걸까, 궁금했다. 커튼에 대해 청년에게서는 아무런 연락이 없었다. 그때 분명 그 청년은 사무실의 윗분에게 물어보겠다고 했다. 그럼 리조트 어딘가에 사무실의 윗분이 남아 있겠지. 365일 리조트에 상주하는 직원인 걸까. 갈 때마다 안내 데스크는 비어 있고 사무실 안에서도 인기척은 느껴지지 않았다. 그럼 그 윗분은 어디에 있는 걸까.

고개가 갸우뚱거려졌다. 하긴 언제 청년이 사무실에 그 윗분이 있다고 했나. 청년은 사무실로 가서 윗분에게 물어보겠다고 했을 뿐이었다. 그렇다면 사무실의 전화로 이곳에 있지 않은 윗분에게 물어본다는 말은 아니었을까. 주차장에 차는 한 대도 없고 그럼 지금 이 리조트에 나 혼자 있는 것은 아닐까. 문득 조리사의 말이 떠올랐다.

"손님 하나 때문에 상을 차려요?"

자글거리는 모래알 목소리가 길게 웃었다. "손님 하나 때문에 우리가 여기 남아 있어요?" 여자들이 합창하듯 소리를 높였다. "그럼 우린 퇴근합니다." 지금 이 리조트에 남아 있는 건 나 혼자뿐이었다. 발코니 창에 내 모습이 비쳤다. 창에 비친 여자가 너무 두려운 듯 두 손으로 제 뺨을 감쌌다. 타닥타닥 발코니 방충망에 하얗게 나방들이 날아와 달라붙었다. 수십 개의 눈을 끔벅이면서 안으로 들어오려 필사적으로 날갯짓을 하고 있었다. 어딘가에 나비생태박물관이 있었다. 나비와 나방은 다르다지만, 그곳에서 날아온 나방들일지 몰랐다. 그곳에 그걸 만든 건 다름 아닌 나 자신이었다.

허겁지겁 창으로 다가가 문을 잠그려 했지만 문고리가 아예 달아나고 없었다는 것이 떠올랐다. 나는 주먹을 꼭 쥐었다. "가만두지 않을 거야." 내 목소리가 어쩐지 며칠 전 리조트에서 울던 모깃소리 여자의 목소리 같았다. 나도 그 여자처럼 앵 울고 싶었다.

대체 언제 오는 걸까, 금방 온다더니 김은 언제 오는 것일까. 김에게 전화를 걸었다. 한참 만에야 김의 목소리가 흘러나왔다. 떠들썩한 걸로 보아 이태원의 그 지하 술집인 모양이었다. 투자할 듯 투자할 듯 하지 않고 술만 팔려는 속셈인데 왜 김은 알지 못하는 걸까. 게다가 김과 최는 리조트의 사정을 알고나 있는 것일까. 주말에만 반짝 손님이 몰릴 뿐 평일에는 텅텅 비는 이 낡은 리조트에 김은 와본 적이 있기나 한 것인가. 커튼은 없고 창의 문고리는 고장 난 지 오래였다. 문 앞 박스엔 쓴 수건이 넘쳐나는데 아무도 수거해 가지 않는다. 밤이면 모두 퇴근하고 나만 남아 있을 뿐이다. 사방은 캄캄해서 세상의 모든 나방이란 나방이 오직 불이 켜진 이 방을 향해 날아온다.

김은 조금만 더 기다려달라고 했다. 조금만 기다리면, 조금만 기다리면. 김의 말이 툭툭 끊겼다. 여보세요? 여보세요? 그가 말을 끝내기도 전에 높고 가냘픈 목소리가 김을 불렀다. 최였다. 도대체 그들은 이 리조트를 보기나 한 것일까. 보고도 그런 말을 할 수 있는 걸까.

"자기야, 며칠 더 있을 수 있지?"

아무 말도 하지 않자 김이 다시 물었다.

"맥주는 있지? 충분하지?"

나는 아무 말도 하지 않고 전화를 끊었다. 김과 지내는 동안 매일매일이 술이었다. 나는 맥주 캔을 따고 천천히 잔에 따랐다. 왜 매일매일 술을 마셔야 하는지 알 수 없었다.

잠시 뒤 다시 벨이 울렸다. 나는 김이라고 생각했다.

"아, 됐고! 왜? 왜?"

전화기 건너편은 고요했다. 그제야 전화번호를 확인했는데 김이 아니었다. 낯선 번호였다. 끊으려는데 느릿하고 축축한 목소리가 내 이름을 불렀다.

"한유정?"

뭔가 오싹해서 나는 아무 말도 하지 못했다. 그 목소리가 다시 전화번호와 주인을 확인했다.

"한유정 씨 전화번호 아닌가요?"

"예, 맞는데요."

안도의 한숨이 길게 흘러나왔다.

"아, 맞구나. 나 서은순."

서은순? 서은순…… 아 그 서은순. 몇 달 전 중학교 동창들과 우연히 어울렸다가 서은순에 관한 소문을 들었다.

"응, 은순아."

오랫동안 만나지 못했는데도 동창들 입에서 그 애 이름이 툭 튀어나왔을 때 그 애의 얼굴이 금방 떠올랐다. 왜 있잖아, 키 작고 이마 넓은 애. 걘 다른 애고. 왜 바람이 불면 앞머리가 홀러덩 벗겨지면서 넓은 이마가 드러났잖아. 동창들이 서은순을 두고 옥신각신했다. 남자애들이 넓은 이마를 두고 스님이라고 놀려대서 왜 바람이 불면 늘 한 손으로 이마에 내려온 머리카락을 누르고 있었잖아. 맞아 맞아, 그래서 꼭 두통을 앓고 있는 사람처럼 보였고. 왜 그런지 내 기억 속의 서은순은 물에 젖은 모습이었다. 숱 적은 머리카락이 물에 젖어 머리와 양 뺨에 달싹 달라붙었다. 색이 바란 티셔츠도 왜소한 몸에 달라붙어 앙상한 쇄골이 불거졌다. 짧은 바지 아래의 두 다리도 앙상했다.

물가에 선 그 애는 물이 줄줄 흐르는 채로 누군가를 쏘아보고 있었다. 파랗게 질린 입술이 떨리고 젖은 머리를 타고 얼굴 위로 물이 흘러내렸는데 나는 웬일인지 그 애가 울고 있다고 생각했다.

동창들의 말에 의하면 일찍 결혼해 애가 둘 있다고 했다. 큰애가 벌써 고등학생이라고 했다. 남편과 이 일 저 일 전전하다가 어떤 사건에 휘말려 필리핀으로 도피를 했다고도 하고 다른 동창의 말에 의하면 필리핀에서도 억울한 사고를 당하고 일이 잘 풀리지 않아 얼마 전 국내로 돌아왔다고 했다. 그 사건과 사고가 무엇인지, 그들이 했다던 이 일 저 일이 무엇인지는 전하는 사람마다 말이 달라 진상을 알 수는 없었다.

그 이야기를 들으며 의아했던 것은 사건의 진상이 아니라 학창 시절 누구도 관심을 갖지 않았던 그 애의 소식이 왜 동창들 입에 오르내리냐는 것이었다. 몇몇 아이들에게 물어보았지만 누구도 뾰족한 답을 내놓지 못했다. 그런데 은순이는 어떻게 내 전화번호를 알고 나에게 왜 전화를 한 것일까.

아무 말 없이 가만히 있던 서은순이 무심하게 물었다.

"한유정, 너 김진호 아니?"

김진호가 누구인가, 잘 기억나지 않았다.

"김진호? 김진호가 왜?"

"아는구나, 역시 너라면 알 줄 알았지."

그렇게까지 말을 하는데 이제 와서 김진호가 누구냐고, 잘 모른다고 할 수도 없었다. 김진호가 누구인가. 잘 모르는데 모른다고 말할 수 없었다. 잠깐 사이를 두고 은순이가 말했다.

"김진호가 죽었다."

나는 내 귀를 의심했다. 김진호가 죽었다니 김진호가 누군지도 모르는데, 김진호가 죽었다니. 서은순이 말을 이었다. 발가락 끝이 축축한 이끼에라도 닿은 듯 몸이 선득했다. 이런 내 기분을 아는지 모르는지 서은순은 말을 이었다. 느릿느릿하고 낮은 음성. 서은순의 말이 툭툭 끊겼다. 현실에서 동떨어진 곳, 전화도 잘 되지 않는 곳. 김진호는 중학교를 졸업하고 공업고등학교에 진학했다, 성적은 중간이었고 대학에는 가지 못했다, 태광전자에 취직…… 결혼은 일찍…… 손가락이…… 밀린 월급…… 아이는 둘…… 이 일 저일 전전하다…… 어떤 사건…… 필리핀으로 도피…… 사고가…….

나는 은순이의 말을 멈추고 싶었다. 은순아, 이건 네 이야기잖아, 은순아. 그런데도 제발 그 입을 닫으라고 그만 말을 멈추라고 할 수가 없었다. 죽은 사람의 소식을 전하는 은순이의 목소리는 너무 아무렇지도 않아서 나는 두려웠다. 두려워서 나는 몸을 동그랗게 말았다. 발을 삐끗했다는 듯, 지갑을 잃어버렸다는 듯, 아무렇지도 않게 김진호가 죽었다고, 김진호에 대해 나는 알지 못하는데.

"김진호는 그런 애다, 한유정. 김진호는 그런 애야."

서은순이 길게 한숨을 내쉬었다. 서은순의 말에 의하면 김진호는 어제 죽었고 지금은 태어나고 자란, 벗어나려 했지만 벗어나지 못한, 너도 너무 잘 아는 우리 동네 병원 장례식장에 누워 있다고 했다.

그 동네라면 잘 알았다. 아직도 꿈속에서 옛집

골목을 헤매고 있으니까. 낮은 담장 너머에서 거친 목소리가 다 죽어버려, 라고 소리를 지르고 누군가 소리를 죽여 울던 골목. 대부분 학교 아이들의 부모님은 시장에서 가게를 얻어 장사를 하거나 일용직으로 근근이 생활했다. 술 취한 아버지들이 고래고래 고함을 지르고 세간이 부서지는 소리가 이어지던 그곳. 부모의 분풀이 상대가 되어 눈가에 입가에 멍이 든 채 등교하는 아이들도 많았다. 반의 3분의 1 이상이 수업 시간이면 아예 엎드려 잠을 잤고 선생들도 깨우지 않았다. 아이들은 거칠었고 수업 중에서도 종종 싸움이 일어나곤 했다. 어느 해인가 남자애가 칼을 휘둘러 경찰이 오기도 했다. 가만히 있으면 당하기만 했기 때문에 어느 날부터 나도 욕을 하게 되었는데, 시원하면서도 한편으로는 이곳 사람이 되어간다는 생각에 두려웠던 시절이었다. 그 골목을, 그 동네를 우리 모두 벗어나고 싶어 했다.

김진호가 죽었다고 말할 때처럼 서은순이 전했다.

"김진호는 한유정 너를 좋아했다. 여름캠프에

서 너랑 말을 했다면서 기뻐했다. 너는 몰랐을 거다. 김진호는 누굴 좋아하면서도 끝내 말 못 하는 애다. 한유정, 김진호는 그런 애다."

전화는 끊겼다. 서은순 혹시 네가 김진호의 아내인 거냐고 묻지 못했다. 중학교 2학년 여름캠프를 또렷하게 기억하고 있었다. 그 여름 계곡의 물에 빠진 적이 있었다. 그 뒤로는 계곡 근처엔 얼씬도 하지 않았다. 만약에 아기를 낳게 된다면, 그 아이를 데리고 계곡 근처엔 얼씬도 하지 않을 거라고 다짐하고 다짐했었다.

누군가가 안을 들여다보고 있었다. 나방이겠지. 커튼을 치고 싶었지만 커튼이 없었다. 얼핏 올려다보니 어둠 속에서 이 안을 들여다보고 있는 건 나방이 아니었다. 작은 여자애였다. 저 애는 누구지? 안을 잘 들여다보려는 듯 여자애가 까치발을 섰다. 확인하려 가까이 다가가 보았는데 나방이었다. 나방이 눈을 끔벅거리듯이 날개를 접었다 폈다.

김진호가 죽었다. 그해 여름캠프, 나와 이야기를 나누었다던 남자애, 이미 죽은 남자애. 밤공기를 타고 까르르 여자애의 웃음소리가 흩어졌다. 역시 여자애였다. 이곳엔 아무도 없는데 여자애는 어디에 있다가 지금 이 시간에 돌아다니는 걸까. 주차장에는 차라곤 없는데. 이곳은 차 없이 올 수 없는데. 어떻게 여자애가 이곳에.

획 여자애가 창밖을 스쳐 지나갔다. 노란 원피스를 입었다. 다급히 창을 잠그려 하다가 멈췄다. 잠금장치는 아예 없었으니까. 부실하기는 출입문 역시 마찬가지였다. 걸쇠가 있었지만 고리에 닿지 않아 문은 잠기지 않았다. 모든 것이 엉터리. 문득 김은 모든 걸 알고 있을 것만 같았다. 그런데도 날 이곳에 보낸 것이다. 누구든 마음만 먹으면 이 방에 들어올 수 있다. 발코니의 커다란 창에는 여전히 공포에 떠는 여자가 있었다. 보고 싶지 않은데 눈만 돌리면 거기 서 있었다. 공포에 젖은 두 눈이 나방의 검은 눈 같았다. 보지 않으려 해도 눈만 돌리면 거기 공포에 떨고 있는 내가, 보고 싶지 않은데 눈만 돌리면. 거기 검은 창에서 끔벅거리고 있는 것은 내 눈인가, 나방인가.

밤을 지새우다가 날이 밝아오면 잠깐씩 잠들 수 있었다. 현관 앞의 박스에는 이제 넘칠 듯 수건이 수북이 쌓였다. 이틀이나 방 밖으로 나가지 않았지만 누구 하나 괜찮으냐고 물어오지 않았다. 저렇게 방치되는 수건처럼 내게 무슨 일이 일어난다 해도 아무도 모를 것이다. 나는 수건처럼 방치될 것이다. 아무도 날 찾지 않을 것이다. 이런 낡은 리조트 안에 CCTV 같은 건 아예 없을 것이다.

안내 데스크에는 여전히 아무도 없었다. 아니 오랫동안 아무도 없었다. 데스크 위에 먼지가 자욱하게 쌓여 있었다. 사무실 문은 열려 있지만 안에는 아무것도 없었다. 서류와 집기들이 누가 헤집은 듯 흩어져 있었다. 복도의 전등 몇 개는 나가 어둡고 깨진 유리창도 그대로 방치된 채였다.

식당에 들어섰지만 누구도 나와보지 않았다. 나는 그 여자들을 뭐라고 불러야 할지 망설였다.

"저기요?"

무슨 이야기에 열중하고 있는지 여자들은 내 목소리를 알아듣지 못했다.

"여기요!"

맥주만 마신 몸이 휘청했다. 나는 가까운 식탁의 의자를 빼고 앉았다.

"모성애를 자극하고 있어."

자글거리는 목소리는 아니었다. 그럼 단체냐 개인이냐 묻던 그 조리사인 걸까. 무슨 일인지 모르지만 속상한 일이 있는 모양이었다.

"죽는다는 말을 입에 달고 살면서."

방금 전 여자였다. 아이 문제인가. 아이가 속을 썩이고 있는 건가.

"아, 정말. 난 그 말이 정말 이상했어. 넌 그런 남자 어디가 좋은 거니? 어디가 좋아?"

자글거리는 목소리였다. 아이가 아닌가? 남자 인가?

"몰라, 나도 몰라."

잠깐 아무 말도 하지 않던 자글거리는 목소리가 말했다.

"A형인가? 왜 A형 중에 그런 남자들 많잖아."

맥락을 따라잡기 힘들었다. A형 남자들이 그런 가. 모성애를 자극하면서 죽는다는 말을 입에 달고 사나? 저러다가 '그 남자 막내 아니야?'라는 말로 연결될 것 같았다. 밥 좀 달라고 말해야 하는데 말을 할 기회를 잡지 못하고 있었다. 그때 예의 그 욕이 나왔다. 씨빡. 분명히 그렇게 들었다. 욕인가, 욕인 것도 아닌 것도 같았다. "그런 여자도 있어, 씨빡." 자글자글한 목소리가 웃었다. "넌 괜찮아, 우린 괜찮아." 웃음의 뒤끝이 기침으로 이어졌다.

곰곰 그녀들의 이야기에 귀를 기울이는 가운데 나는 그녀들이 말하는 그런 여자란 다름 아닌 나라는 걸 알았다. 욕과도 같은 그 말이 무엇을 뜻하는 건지도 알아들었다. 씨빡, 상스럽게 느껴졌던 그 말은 바로 10박이라는 말이었다. 이런 계절에 혼자 리조트에 찾아와 열흘이나 묵는 여자는 한눈에 띌 만했다. 며칠 묵을 예정이냐는 리조트 측의 말에 김은 떠오르는 가장 오랜 기간인 10박을 이야기했을 것이다. 혹시 모르니 넉넉하게 10박. 빨리 데리러 오겠다고 했지만 벌써 일주일이 넘었다. 조리사들은 물론이고 청년까지 내 이름이나 계수나무라는 방의 이름 대신 10박으로 부르고 있었다. 그게 누구의 귀에는 욕으로 들리는 줄 모르고.

10박은 다름 아닌 아무도 찾지 않는 여자를 뜻했다. 그런 내가 불쌍해서 그 조리사는 내게 자신이 좋아하는 장소를 알려준 것인지도 모른다. 나는 조리사들이 눈치채지 못하도록 조용히 일어나 식당을 나왔다.

나무 벤치에서 담배 두 대를 천천히 피웠다. 계수나무 방으로 내려가는 대신 한 번도 가지 않은 산등성이 쪽으로 걸어갔다. 깊이 들어가지 말라는 조리사의 말이 떠올랐지만 무시했다. 더 좋으니까 정말 좋은 곳이 나오니까, 그 장소는 자기 혼자만 알고 싶으니까 말해주지 않았을지도 모른다.

그새 밤들은 더욱 익어 벌어지고 어떤 것들은 땅에 떨어진 채 썩고 있었다. 길을 알려주지 않아도 갈 수 있었다. 나는 발밑에 떨어진 밤을 주워 바지 주머니에 넣었다. 얼마쯤 걸어가니 또 밤이 떨어져 있었다. 밤을 주워 주머니에 찔러 넣었다. 완만하게 이어지던 오솔길은 조금씩 경사가 지기

시작하고 바지 주머니는 밤으로 가득 차 불룩해
졌다.

한참 산길을 따라 내려갔다. 운동화 밑창이 미
끄러지면서 엉덩방아를 찧기도 했다. 어느 여름,
에 그랬는지 태풍에 끊긴 다리가 그대로 방치되
어 있었다. 다리 위쪽 땅은 밀려나서 오려붙인 듯
땅이 구겨져 있었다. 마른 땅 위에 박힌 다리를
건넜다. 땅도 틀어지면서 숲의 나무들 한 열이 옆
으로 비켜나 있었다.

동화의 한 장면 같은 리조트. 멀지 않은 곳엔
나비생태박물관이 있다. 얼마 지나지 않아 나는
바닥에 떨어져 나뒹구는 나무 팻말을 주워 들었
다. '나비생태박물관 1km'라고 적혀 있었다. 숲
속으로 난 작은 샛길로 걸어 들어갔다. 삽시간에
어둠이 내렸다. 어둠 저편에서 쑥덕거리는 소리
가 났다. 귀를 모으고 어둠 속을 살펴보았지만 아
무것도 들리지 않고 아무것도 보이지 않았다. 돌
돌돌 어디선가 개울물 흐르는 소리가 났다. 다리
가 있었으니 어딘가에 강물이 있을 것이다. 나는
물소리를 따라 걸었다. 얼마 걷지 않아 계곡 앞에

도착했다.

아무래도 이곳이 그곳 같았다. 캠프로 왔던 곳. 열다섯 살 여름, 나는 계곡물에 빠졌다. 그 뒤로 물 근처는 얼씬도 하지 않았다. 같은 반 아이들이 모두 계곡으로 뛰어들어 물장난을 쳤다. 그때 누군가 내 몸을 슬쩍 떠밀었다. 한두 발 뒤로 물러났을 뿐인데 발이 땅에 닿지 않았다. 얼굴이 물속에 잠겼다가 다시 떠올랐다. 나는 꼴깍꼴깍 물을 마시면서 계곡 가에서 웃고 떠드는 아이들을 보았다. 그곳은 손에 잡힐 듯 가까웠다. 나는 발버둥 쳤고 그럴수록 조금씩 더 깊은 곳으로 밀렸다. 마침내 물속으로 가라앉으려는데 누군가의 손이 내 몸을 앞으로 떠밀었다.

작았지만 암팡지던 손. 혹시 그 손이 김진호였던가. 그 손이 나를 다시 아이들이 웃고 떠들어대는 물가로 떠밀었다. 그 손이 등에 닿던 감각이 아직 남아 있었다. 그럼 날 깊은 계곡물로 떠민 손은 누구였나. 계곡으로 떠밀었다가 다시 물가로 떠민 손은 한 사람인가. 모두 김진호인가.

좋아하면서도 좋아한다고 말하지 못하던 남자

애. 혹시 계곡물로 슬쩍 날 밀친 건 서은순이었고 물가로 날 밀어 올린 건 김진호가 아니었을까. 서은순은 김진호가 좋아하는 한유정에게 겁을 주고 싶었고 계곡 쪽으로 떠밀었을지 모른다. 마침 그 모습을 김진호가 보았던 거고. 그래서 그들에게는 다른 누구에게도 말하지 못할 비밀이 생겼던 건 아니었을까. 나는 계곡으로 조금 더 다가갔다. 조금 더 조금 더. 스물다섯 살 무렵에 동네의 스포츠센터에서 수영을 배웠다. 매일 새벽같이 일어나 수영을 배우고 일을 하러 나갔다. 이젠 무섭지 않았다. 어둠이 고인 탓인지 계곡물이 푸르렀다. 계곡물을 들여다보려 몸을 숙였다.

그때 등 뒤에서 누군가 나를 떠밀었다. 나는 아직도 누군가 나를 떠밀었다고 생각하고 있다. 작지만 암팡진 손이었다. 나는 중심을 잡으려 두 팔을 허우적거렸다. 간신히 중심을 잡으려는 순간, 언제 풀렸는지 내 왼 손목에 있던 시계가 포물선을 그리며 날아가 계곡물 속으로 빠졌다. 퐁당. 나는 허겁지겁 시계가 떨어진 계곡물 속으로 뛰어들었다. 돌을 밟으면서 발이 삐끗했다. 바닥 돌틈 사이에 시계가 있었다. 나는 재빨리 두 손으로 시계를 떠올렸다. 손가락 새로 물이 빠지고, 두 손에는 아무것도 없었다. 이번에는 한 발짝 앞이었다. 물에 잠긴 나뭇가지에 간신히 걸려 있었다. 하지만 이번에도 허탕이었다. 나는 계곡 이곳저곳으로 뛰어다니면서 물만 퍼올리고 있었다.

계곡의 물살은 빨랐고 금세 다리가 저릿저릿해졌다. 내 몸은 점점 더 깊은 물속으로 떠밀렸고 어느새 두 발이 땅에 닿지 않았다. 나는 허우적거렸다. 수영을 배웠다는 것도 잊고 당황해 소리쳤다. 살려주세요. 검은 어둠 속에는 아무도 없었다. 방금 내 등을 떼민 사람은 누구였을까. 물속에 가라앉으면서 나는 다시 소리쳤다. "김진호, 살려줘. 김진호." 비리고 시고 떫은 물이 목구멍으로 쿨럭 넘어왔다.

"괜찮아?" 남자애가 물었다. "응, 괜찮아." 웃으면서 말하려 했는데 그만 울음이 터지고 말았다. 우는 여자애는 본 적 없다는 듯 남자애의 얼굴이 붉어졌다. 뭐라고 말해야 할지 몰라서 남자애가 우물거렸다. 그래 그 애가 김진호였다. 같은 반 남자애였다. 체육대회 계주에서 앞서 달리던 상대팀 선수를 따라잡던 애였다. 김진호가 밀어준 덕분에 나는 얕은 계곡 바닥에 발을 댈 수 있었다. 문득 물가 쪽을 돌아다보았다. 눈물로 흐릿한 두 눈에도 머리까지 물에 젖은 앙상하게 마른 여자애는 한눈에 띄었다. 여자애는 추운 듯 몸을 오들오들 떨고 있었는데, 나는 곧 그것이 누군가를 향한 증오심 때문이라는 걸 알게 되었다. 그 애가 증오에 찬 눈으로 쏘아보고 있는 것은, 김진호 아니 바로 그 곁의 나라는 것도 금방 알았다. 물가에 서서 죽일 듯이 나를 쏘아보고 있었다. 서은순이었다.

"괜찮아?"

"응, 괜찮아."

나는 땅에 발을 딛고 일어섰다. 내가 조금 전까지 허우적대던 물은 겨우 무릎 높이였다.

좋아하는 여자애에게 좋아한다고 말 못 하는 김진호, 이런저런 일을 맡아 죽어라 노력했던 김진호, 하는 일마다 잘되지 않았던 김진호, 하청업체 부도로 떼인 임금 때문에 타워크레인에 올라가야 했던 김진호, 아이의 운동회에서 달리고 있는 김진호, 한참 앞서는 주자를 따라잡고 학교 때처럼 우승한 김진호. 환호하면서 뛰어나가는 서은순과 아이들.

나는 산길을 내려오면서 김진호와 서은순에 대해 생각했다. 젖은 머리카락이 달싹 달라붙어 표주박 모양의 머리통이 그대로 드러난 김진호의 모습에 울다가 웃었던 것도 떠올랐다. 중학교를 졸업하고 이사를 하면서 그 동네를 떠나기 전까지 김진호와 부딪혔을 수도 있었을 것이다. 그 애라는 걸 알면서도 나는 일부러 아는 체를 하지 않았을 테고. 어디선가 노려보고 있을 서은순이 떠올라 그랬겠지만, 정말 그게 이유의 전부였을까.

서은순은 왜 내게 김진호의 죽음에 대해 알린 걸까. 김진호가 전하지 못한 그 마음을 대신 전하고 싶었던 걸까. 아니 그것이 아니라면 대체 왜일까. 나는 어둠 속을 걷고 또 걸었다. 혹시나 김진호의 그 마음이 오랫동안 변하지 않았다면 소문을 듣고 놀이공원에 찾아와 먼 곳에서 춤을 추는 한유정을 본 건 아니었을까. 한유정의 SNS에서 일상을 공유하고 좋아요를 눌러준 건 아니었을까. 한유정은 김진호가 누군지도 모르는데, 여유로운 척하는 일상 아래 역시 한유정!!!이라는 댓글을 달아준 건 아니었을까. 조문을 온 동창 중 누군가로부터 흘러나온 그 이야기를 들었다면, 그랬다면 조문객이 돌아간 장례식장에 아이들과 앉아 있던 서은순에게 열다섯 살 그때의 그 적의가 되살아나지 않았다고도 할 수 없었다.

발을 헛딛고 넘어졌다. 온몸으로 땅으로 쓸면서 한참을 미끄러지며 내려갔다. 괜찮아? 열다섯 살 김진호가 물었다. 괜찮다고 말하려 했는데 눈물부터 쏟아졌다.

아까부터 계속 같은 곳을 맴돌고 있다는 걸 알지 못했다. 분명 이곳에 와본 적이 있었다. 산골 마을은 이곳이 저곳 같고 저곳이 이곳 같다지만, 분명 와본 곳이었다. 이렇게 조금만 더 걸어가면 나비생태박물관이 있었다.

저 앞에서 반짝이는 건 나비생태박물관의 간판이었다. 나는 문을 열고 들어갔다. 아무도 없었다. 온실은 덥고 습했다. 푸른 나무들이 우거지고 그 사이를 카멜레온이 느긋이 지나다녔다. 철망에는 고치들이 매달려 있었다. 막 부화가 되는 것들 사이로 부화하지 못하고 말라버리는 것들도 보였다. 번데기에서 막 나온 나비들이 젖은 날개를 말리고 있었다. 마른 날개가 활짝 펼쳐질 때, 활짝 펼쳐질 때…….

얼마나 산속을 헤맸는지 알 수 없었다. 첫 번째 인가로 들어갔다. 물에 젖은 젊은 여자의 모습에 문을 열어준 노부부가 놀랐다. 리조트는 택시로 20분 거리에 있었다. 전화를 걸자 금방 마당 앞에까지 택시가 왔다. 그 시간 산에서 내려왔다는 나의 말에 노인은 큰일 날 뻔했다며 조리사에게 이미 들은 그 이야기를 해주었다. 돌아오는 택시 안에서 택시 기사는 이 계절에 왜 이런 곳까지 찾아왔느냐고 물었다. 아무도 찾지 않는 곳이라고, 점점 흉물이 되어가고 있다고. 돈을 걸쳐놓은 마을 주민 몇이 겨우겨우 운영해가고 있다고. 나는 그 택시 기사에게 밤이면 그곳에 혼자 남겨진다는 말은 하지 않았다. 무섭다는 말은 하지 않았다. 돌아오는 택시 안에서 나는 손목시계가 있던 자리를 계속 감싸 쥐고 있었다. 마지막 하나 남은 표시였다. 매일 아침 잠에서 깨면 나는 그 손목시계를 만지면서 중얼대곤 했다. 이건 꿈이 아니라고 거짓이 아니라고, 불안불안한 하루하루지만, 괜찮다고 아무 일 없을 거라고.

나를 훑어보는 사람들을 향해 은근 손목시계를 찬 손을 내민 적도 있었다. 하루하루가 다르게 영락하고 있었지만, 이것이 내 수중에 있는 한, 버틸 수 있다고. 괜찮다고.

언제든 없어질 물건이었다고 생각한 적은 없었을까. 정말 그런 적은 없었을까. 시계가 있던 자리는 다른 곳보다 희멀건했다. 나는 시계를 차고 있던 왼 손목을 오른손으로 감싸 쥐었다. 룸미러로 나를 보던 택시 기사가 물었다. "추워요?" 히터를 틀었는지 잠시 뒤 무릎부터 따뜻해지기 시작했다.

상자에 넘칠 듯 수건이 쌓였다. 리조트로 오던 밤이 떠올랐다. 헤드라이트 불빛에 희끗희끗 빛나던 건 리조트의 지붕들이 아니었다. 누군가의

무덤들이었다. 언니들의 말처럼 이곳은 허허벌판
이었다. 아무것도 없었다.

아무도 없는 깊은 밤 허공으로 여자애의 웃음
소리가 흩어졌다. 여자애는 가끔 내 방 창으로 나
를 들여다보았다. 어느 날은 작은 개가 따라붙었
다. 커튼을 치면 되는데 아무도 커튼을 가져다주
지 않았다. 어느 날 아이는 침목 계단에 쪼그리고
앉아 무언가를 한참 들여다보았다. 어느 날은 방
밖에서 담배를 피우는 내 주위를 뱅뱅 돌기도 했
다. 어느 순간부터 나는 내가 보고 있는 것에 대
해 아무것도 확신할 수 없었다. 너무도 두려워서
아이에게 말 한 마디 건네볼 생각을 하지 못했다.

식당에 가지 않았지만 누구도 내 안부를 물으
러 와주지 않았다. 빨간색 프라이드는 아침 아홉
시에 주차장에 들어와 저녁 여섯 시면 주차장을
빠져나갔다. 조리사 복장을 하지 않은 두 여자는
누가 누군지 분간이 가지 않았다. 차에 올라 주차
장을 벗어나는 빨간색 프라이드를 보고 있자면
뭉개진 귀와 내려앉은 코가 떠올랐다. 그들과 이
곳에 온 게 아주 오래전 같았다. 순식간에 어둠이

내렸고 사방은 고요해졌다. 눈을 들면 거기 통유
리창에 공포에 질린 여자의 모습이 있을 뿐이었
다.

　나는 그곳에서 딱 열흘 머물렀다. 김은 체크아
웃 시간이 한참 지나서야 리조트를 찾아왔다. 내
가 횡설수설 그간의 일들을 쏟아냈지만 예전에도
그랬듯이 내 이야기를 곧이들으려 하지 않았다.
트렁크를 끌고 내 뒤를 따라오던 김이 "그러면 그
렇지" 어이없다는 듯 말을 꺼냈다.

　"저기 방이 있네."

　나는 소스라치게 놀랐다. 계수나무 방 뒤의 관
목 숲 너머엔 작은 놀이터가 있었다. 가끔 누가
그네를 타는지 끼익끼익 녹이 슨 쇠사슬 소리가
났다. 나는 내 눈을 믿을 수 없었다. 하루에도 여
러 번 지나다녔던 곳이었다. 거기 계수나무 방과
엇비슷한 크기의 방이 있었다. 그리고 그 현관에
성인 여자와 아이의 신발이 나란히 놓여 있었다.
까르르 여자애의 웃음소리가 방에서 흘러나왔다.

　무엇부터 잘못되었는지 알 수 없었다. 깊은 밤
혼자 남았다고 생각하게 되면서부터였을까. 서은

순의 전화 때문이었을까. 아니면 수거해 가지 않는 타월 때문이었을까. 나는 왜 그곳에 있는 방을 못 알아본 것일까. 그 방을 알아보았다면 그 계절 아이를 데리고 으슥한 곳으로 찾아온 젊은 엄마의 마음을 헤아려볼 수 있었을까. 아이를 향해 이리 오라고 손짓을 할 수 있었을까.

그럼 내가 본 놀이터는 무엇이었나, 그네와 시소만 있던 작은 놀이터. 가끔 누군가 찾아와 그네를 타던 그 놀이터. 랜드로버가 점점 리조트와 멀어졌다. 나는 자꾸 뒤돌아보았다. 아무것도 확신할 수 있는 게 없었다. 나는 대신 허전한 왼 손목을 오른손으로 감싸 쥐었다.

그런 내게 김이 물었다.

"뭘 자꾸 봐? 그렇게 좋았어?"

* 이 소설 2부의 일부는 단편 「이태원에서」를 개작한 것임.

계수나무 방 발코니 유리창 밖으로 휙휙 지나
치는 노란 옷 입은 여자애의 정체에 대해 막내는
아직 확신할 수 없었다. 그 애는 그곳에 놀이터
가 있었다고 믿고 있었다. 아니 그곳에서의 어떤
일에 대해서도 확신할 수 있는 건 없었다. 그래서
어떤 날은 그곳에서의 열흘이 꿈처럼 느껴지기도
했다.

이 이야기는 막내에게는 하루와도 같은 한 시
간, 1년과도 같은 하루의 이야기였다. 나는 막내
가 보냈을 그 밤들에 대해 짐작할 수 없었다. 멈
춘 듯 흘러가지 않는, 자신의 숨소리에도 놀라 몸

을 동그랗게 움츠리는 그런 시간에 대해 나는 잘 모른다.

와인 잔을 내려놓고 막내는 왼손을 오른손으로 잠깐 감쌌다가 놓았다. 나는 그 애의 왼 손목에 한때 값비싼 시계가 있었다는 것을 알고 있었다. 2년 8개월. 그 애의 결혼 생활이었다. 그 시계는 짧은 영락의 시간을 증명해줄 물건이었다. 이제 시계는 없지만 시계가 있던 손목을 만지는 습관은 아직 남아 있었다. 혹시 손목을 만지는 동안 그 애가 『나사의 회전』 속 가정교사처럼 "나의 기괴한 시련을, 평범한 인간의 도덕성이라는 나사를 한 번 더 조이"는 것은 아닐까, 짐작해볼 뿐이다.

뭉개진 귀와 내려앉은 코에 관한 이야기는 흥미로웠다. 그 뒤로 막내는 그 콤비를 만난 적이 없었다. 김 서방의 말처럼 세상 모든 사람들이 모두 각자에게 소용이 있는 존재라면, 그날 밤 뭉개진 귀와 내려앉은 코가 이태원의 술집에 온 건 단 하나 자신에게 그 시간을 알려주기 위함이었는지 모른다고 막내는 말했다.

"누구나 쓸모 있다는 김의 말이 떠오르면서 나는 까닭 모르게 수치스러워졌어. 6년 전 나는 도망치듯 김에게로 숨었지. 화가 날 때마다 김에게 왜 나를 이용하느냐고 소리 질렀지만 사실 나도 김을 이용한 거야. 뭉개진 귀나 내려앉은 코. 내 몸엔 그런 흔적 하나 없었지. 나는 너무도 부끄러웠어. 김의 말처럼 세상 모든 사람들이 모두 각자에게 소용이 있는 존재라면, 그날 밤 자정이 넘은 그 시간에 그 두 사람이 그 술집에 나타난 건 단 하나, 내게 숨어 있던 수치심을 일깨우기 위한 것은 아니었을까."

막내는 오랫동안 뭉개진 귀와 내려앉은 코에 대해 생각했다. 상대 선수의 어깨와 매트를 상대로 사투를 벌여야 하는 레슬링 선수들의 귀는 극심한 마찰로 부풀어 오르고 핏줄이 터진다. 연골이 망가져서 찌그러진 만두 모양의 귀는 결국 그들의 훈련과 고독의 시간을 나타내는 셈이었다.

WBA 밴텀급 챔피언. 지금도 그의 이름을 검색하면 간단한 기사들이 떴다. 그 누구도 그가 그렇게 허망하게 지리라고 예상하지 못했다. 잽이라도 한 번 날려봤어야 할 거 아니야! 누군가의 말처럼 그는 정말 제대로 된 주먹 한 번 내뻗지 못했다. 그는 시합 내내 도망 다녔고 코너로 몰렸다. 두 눈은 겁을 먹고 있었다. 막내가 마지막까지 기억하고 있던 것도 그 두 눈이었다. 그는 아무런 변명도 하지 않았다.

막내는 그 둘이 보냈을 시간에 대해 생각했고 어느 날 자신에게 다가온 무자비한 시간을 견딜 때마다 뭉개진 귀와 내려앉은 코를 떠올렸다. 그 애는 매일 같은 시간 담배를 피웠고, 가끔 두려운 눈으로 저 멀리 펼쳐지는 고분군을 바라보았다.

"그러니까 언니, 그날 그 두 사람이 그 지하 술집에 오지 않았다면 난 여전히 김과 그렇고 그런 상태로 지내고 있었을 거야. 그 두 사람 때문에 난 김을 떠날 수 있었던 거야."

막내의 남편은 어떤 사건에 연루되어 필리핀으로 도망갔다가 다시 다른 사고로 국내에 들어왔다. 그 이야기는 김진호의 이야기와 비슷했지만 혼자였다는 게 달랐다.

그 뒤로 한참 동안 우리에게는 2017년의 크리

스마스 전야 같은 날이 일어나지 않았다. 단출하
다면 단출한 그 가족이 한자리에 모이는 일은 생
각보다 훨씬 어려웠다. 그러나 그날 우리는 그런
밤이 가까운 시기에 또 오리라 생각했다.

막내의 이야기는 그날 밤 식탁에 둘러앉은 우
리 모두를 숨죽이게 하기에 충분했다. 막내가 이
야기를 하는 동안에도 빙 크로스비는 몇 번이고
몇 번이고 몇 번이고 몇 번이고 몇 번이고 몇 번
이고 몇 번이고 「화이트 크리스마스」를 불렀다.[*]

꿈에서 깬 듯 남편이 우리의 잔에 와인을 따랐
고 우리는 잔을 들어 부딪쳤다. 메리 크리스마스.
그렇게 말한 게 둘째였는지 막내였는지 잘 기억
나지 않는다.

* 무라카미 하루키, 『코끼리 공장의 해피엔드』에서 인용.

# '유령'이라는 기표의 증언

소유정

## 1

유령 이야기의 역사를 짚어볼 때 가장 먼저 떠오르는 건 아마도 찰스 디킨스의 『크리스마스캐럴』과 헨리 제임스의 『나사의 회전』이 아닐까. 망자의 유령이 등장하여 깨달음을 주는 이야기, 유령을 보았다고 주장하는 이가 있기는 하나 그것이 실제 유령이었는지는 불확실하기에 해석의 다양성을 남기는 이야기가 두 소설을 비롯한 고전에서의 유령 이야기였을 것이다. 그리고 지금 여기, 하성란의 『크리스마스캐럴』은 두 소설과의 유사성을 내포하면서도 또 다른 의미에서 유령 이야기의 명맥을 잇는다. 이 소설이 찰스 디킨스, 헨리 제임스의 소설과 겹쳐 읽기가 가능한 건 다분히 의도적으로 느껴질 만큼 구조적인 면에서 닮아 있기 때문일 것이다. 찰스 디킨스의 소설과는 동명의 제목을 공유하고 있다는 점, 『나사의 회전』의 첫 문장("그 이야기는 난롯가에 앉아 있는 우리를 숨죽이게 하기에 충분했다")을 변용하여 쓴 것이 소설의 첫 문장("그 이야기는 그날 식탁에 둘러앉아 있던 우리를 숨죽이게 하기에 충분했다")이라는 점, 『나사의 회전』에서처럼 액자 구조의 형식을 취하면서 바깥 이야기와 안쪽 이야기의 화자가 상이하다는 점, 안쪽의 것에 해당하는 막냇동생의 이야기가 바깥 이야기에서는 화자의 파편적인 기록으로 옮겨진 후 그날 밤을 반추하는 '나'의 기억으로 재구성되고 있다는 점 등에서 이 소설은 이전의 유령 이야기와 겹쳐 읽기를 유도하는 의도적인 유사성을 갖고 있는 것처럼 보인다. 고전의 형식을 빌려 유령 이야기로의 뼈대를 만들고 도입부의 강한 몰입을 이끌어 효

과적인 읽기를 가능하게 했다면, 하성란은 이에
자신만의 표식처럼 '유령'이라는 기표를 정교하
게 세공한다. 보다 다면적이고 다성적이게, 보고
도 믿을 수 없고 듣고도 확신할 수 없는 기표의
연쇄를 직조하는 것, 그것이 그의 고유한 작업이
자 이 소설이 유령 이야기로서 갖는 독자적인 타
당성일 것이다.

바깥의 이야기는 언젠가의 크리스마스 전야로
부터 시작된다. 오랜만의 가족 모임이 있었고 늦
게까지 식탁에 남아 있던 건 '나'와 남편, 그리고
두 명의 동생이었다. 크리스마스라는 이유로 자
리를 만들긴 했지만, 저작권료 때문에 거리와 상
점에는 캐럴이 울리지 않은 지 오래였고, 케이크
와 트리, 시온의 별 따위로 기분을 내지 않으면,
'그래도'라는 수식어를 붙이지 않고서는 쉽게 크
리스마스를 체감할 수 없는 날이었다. 그런 날,
막내가 갑작스레 꺼낸 이야기는 그들을 숨죽이게
하기에 충분했다. 그 이야기란 몇 년 전, 아직 그
애의 손목에 값비싼 시계만이 일말의 자존심처럼

남아 있던 시절, 홀로 묵어야 했던 어느 리조트에서의 열흘에 대한 것이었다. 모두가 허허벌판일 거라고 했던 산골에는 정말 버섯 모양의 지붕을 가진 리조트가 있었고 그곳에 머물렀던 시간 동안은 줄곧 알 수 없는 일들만 일어났다고 막내는 말했다. 그 시간을 증언하는 막내의 이야기에는 『크리스마스캐럴』과 『나사의 회전』이 그런 것처럼 실제 유령ghost이 등장하는 초자연적 현상은 일어나지 않는다. 그러나 유령의 목격으로 인한 공포보다 말하는 이가 직접 감각하는 것들 사이에서 고개를 내미는 의심을 양분으로 하여 점점 커져가는 불확실함과 모호함이 서술의 번복으로 이어진다는 것, 그로 인해 피어나는 섬뜩함이 이야기를 듣는 이들에게 보다 밀착되는 두려움이라는 것은 부정할 수 없는 사실이다.


2


  이야기에 나사를 조이는 손짓으로 막내가 오른손으로 왼쪽 손목을 감쌌다 놓는다. 그 애가 기억하는 열흘의 밤, 유령 같은 시간으로의 입장이다. 그 무렵 막내는 거의 대부분의 밤을 이태원 술집에서 보냈다고 했다. 이유는 남편 김에게 있었다. 사업과 투자의 연이은 실패로 오갈 데 없이 잡담과 술로 밤을 지새우던 때였다. 리조트로 가게 된 건 이사를 가기까지 얼마간 시간이 뜬 탓이었다. 막내의 동의와는 관계없이 그 애가 눈을 떴을 땐 이미 움직이는 차 안이었다. 의문의 시작 역시 그 때부터였다. 씨앗은 목적지를 알지 못해 생긴 단순한 물음이었다. "먼저 가 있어. 금방 따라갈게"라고 말하는 김의 목소리가 들렸던 것도 같은데, "그렇다면 그런 김으로부터 점점 멀어지고 있는 차 안의 사람은 누구인가. 어디로 가고 있는 건가.", 차 안의 그들이 술집에서 만났던 뭉개진 귀와 내려앉은 코라면 "대체 잘 알지도 못하는 그들과 어디로 가고 있는 것일까?"(83쪽). 누구와, 어디로. 알 수 없는 것에 대한 물음 속에서 단 하나 생생했던 건 겹으로 쌓인 어둠과 비포장도로의 덜컹거림 같은 것이었다. 그런데 이 생경한 몸의 감각마저 다음 날 리조트에서 본 창밖의 풍경으로 인해 확신할 수 없게 되지 않았던가.

밥을 씹으면서 창밖을 건너다보았는데 저 멀리 리조트로 연결된 도로가 한눈에 들어왔다. 일부 구간 숲을 끼긴 했지만 대부분은 밭과 강 사이를 지나고 있었다. 그렇다면 어제 새벽 뭉개진 귀가 모는 랜드로버는 어느 길로 온 것일까. 대체 어느 길로 와서 오는 내내 차가 요동치고 튀어 올랐던 것일까. 내비가 안내하는 길을 따라왔을 뿐인데 아무리 생각해도 요상하기 짝이 없었다. (100쪽)

오는 내내 험난했다고는 믿을 수 없을 만큼 평탄한 길이었고 때문에 앞의 인용과 이어지는 또 다른 의문이 생기지만 이때까지만 해도 대수롭지 않게 넘길 수 있는 정도였다. 그러나 시간이 지날수록 의심은 조금도 사그라지지 않고 점차 몸집을 불려간다. 가령 리조트에 대한 서술이 그렇다. 처음 막내가 리조트에 도착했을 때 "어둠 속에서 희끗희끗하게 빛나던 건 무덤이 아니라 버섯 모양을 한 리조트의 지붕들이었다"(89쪽)고 했지만, 그곳에 묵은 지 열흘에 가까워지던 밤에는 "헤드라이트 불빛에 희끗희끗 빛나던 건 리조트의 지붕들이 아니었다. 누군가의 무덤들이었다. 언니들의 말처럼 이곳은 허허벌판이었다. 아무것도 없었다"(142-143쪽)고 하지 않는가. 무덤에서 지붕으로, 지붕에서 다시 무덤으로 뒤바뀌는 서술은 막내가 묵었던 방, 커튼 없는 창밖에서 느껴지는 시선에 대해서도 동일하다. 그것은 "부릅뜬 두 눈"(62쪽)이었다가, "날개에 눈동자처럼 크고 검은 얼룩이 있는 커다란 나방"(94쪽)으로 바뀌고, 이후엔 "작은 여자애"로, "확인하려 가까이 다가가 보았는데 나방"(128쪽)으로, 또다시 "역시 여자애"로, 끝내는 "공포에 떨고 있는"(129쪽) 자신의 모습으로 거듭 번복된다. 이처럼 리조트의 모습과 창밖의 시선에 대해 계속해서 서술의 번복을 보이고 있지만, 또 한 가지, 무엇보다 소설 안에서 짧지 않은 지면에 걸쳐 화자가 여러 번 설명하고 있는 건 나비생태박물관에 관한 것이다. 막내가 처음 나비생태박물관을 언급하는 건, 이태원의 지하 술집에서였다.

"그곳에는 나비생태박물관이 있어요."

불쑥 거짓말이 튀어나왔다. 일단 말을 뱉고 나자 팸플릿 속의 리조트에서 멀지 않은 황량한 벌판에 나비생태박물관이 서 있었다. 사장이 흥미롭다는 듯 내 쪽으로 귀를 내밀었다.

"그런 데까지 누가 올까 싶지만, 나비생태박물관이 있으니까요. 잠깐 동안 소란스러운 현실을 잊을 수 있는 곳이니까요."

나는 눈앞에 그려지는 그곳의 풍경에 대해 말했다.

(⋯⋯)

거짓말이 아니었다. 작은 연못의 바위에는 거북이들이 달라붙어 있다. 울긋불긋한 나뭇잎들 사이로 휘리릭 움직이는 것은 카멜레온이다.

"황량한 그곳까지 누가 올까 싶겠지만요. 동화 같은 리조트에서 얼마 떨어지지 않은 곳에 나비생태박물관이 있어요. 주말이면 아이들을 데리고 갈 수 있지요."

거긴 황량한 벌판뿐인데, 나비생태박물관은 커녕 나비박물관도 없는데, 살아 날아다니는 나비는 물론이고 나비 표본도 없는데. 모두모두 김과 최의 거짓말인데, 둘이 작당해서 나이 든 남자의 돈을 빼앗으려는 속셈인데, 그런데도 나는 이야기를 멈출 수가 없었다. 언젠가 작은 무대에서 떨어지지 않으려 춤을 추던 그때처럼, 엉덩이를 밀면서 무대 안으로 들어가려 애를 쓰고 있었다. (81-82쪽)

정말로 그곳에 다녀온 것처럼 막내는 나비생태박물관에 대한 생생한 묘사를 늘어놓지만, 동화 속의 리조트가 있는 곳이라면 "나비생태박물관 하나쯤 있어도 좋지 않을까"(80쪽)했던 바람에서 나온 거짓말일 뿐, 서술된 모든 것은 막내의 상상에 의한 것이었다. 불쑥 튀어나온 거짓말은 "거짓말이 아니었다"(81쪽)는 또 다른 거짓말을 만들고, 이는 우리로 하여금 막내가 신뢰할 수 없는 화자라는 의심을 갖기에 충분한 것으로 남는다. 이후 리조트에서 산속을 헤매던 그가 나비생태박물관을 발견하고 "분명 와본 곳"(140쪽)이라고 말해도, 그 안에서 푸른 나무와 카멜레온,

부화를 기다리고 있는 것들, 말하자면 살아 있는 것들을 보았다고 해도, 거짓을 바탕으로 한 서술의 번복으로 인해 끝없는 물음만이 이어질 뿐이다. 나비생태박물관은 정말 있었나? 박제된 것이 아닌 살아 있는 것이라니, 그곳에 살아 있는 것이 정말 있기는 했나? 심지어 "어느 순간부터 나는 내가 보고 있는 것에 대해 아무것도 확신할 수 없었다"(143쪽)고 고백하듯 막내는 점점 더 분명한 이미지를 가늠할 수 없게 되지 않는가. 막내를 리조트에 데려다준 비슷한 추리닝 차림의 뭉개진 귀와 내려앉은 코, 저녁이면 빨간 프라이드를 타고 떠나는 리조트 식당의 조리사들, 모습을 보이지 않는 프런트 청년처럼 막내가 만났던 사람들마저도 구분하기 쉽지 않고 불분명하다 못해 유령으로 여겨질 만큼의 존재로 남는 것이 사실이다. 이처럼 시각을 통해 인지되는 이미지를 전부 믿을 수 없게 되었을 때, 막내는 들려오는 소리들에 이끌리기 시작한다. 리조트에 온 다음 날 막내의 잠을 깨운 기도 소리랄지, 창밖을 지나다니는 여자애의 것일지 모르는 웃음소리 같은 것. 그러나 이런 소리조차 비가시적인 실체이며 대상을 확인할 수 없다는 점에서 볼 수 있으나 볼 수 없고, 존재하지만 부재하는 것들의 반증과도 같다. 허나 그중에서도 귀 기울여볼 만한 것은 중학교 동창 서은순의 전화다.

아무 말 없이 가만히 있던 서은순이 무심하게 물었다.

"한유정, 너 김진호 아니?"

김진호가 누구인가, 잘 기억나지 않았다.

"김진호? 김진호가 왜?"

"아는구나, 역시 너라면 알 줄 알았지."

그렇게까지 말을 하는데 이제 와서 김진호가 누구냐고 잘 모른다고 할 수도 없었다. 김진호가 누구인가. 잘 모르는데 모른다고 말할 수 없었다. 잠깐 사이를 두고 은순이가 말했다.

"김진호가 죽었다."

(……)

김진호가 죽었다고 말할 때처럼 서은순이 전했다.

"김진호는 한유정 너를 좋아했다. 여름캠프에서 너랑 말을 했다면서 기뻐했다. 너는 몰랐을 거다. 김진호는 누굴 좋아하면서도 끝내 말 못 하는 애다. 한유정, 김진호는 그런 애다." (125-128쪽)

누군지도 기억나지 않는 이의 부고, 그가 자신을 좋아했다는 사실, 여름캠프에서 대화를 나눈 적이 있으며 그것을 기뻐했다는 김진호. 그의 중학교 이후의 삶은 아무리 들어도 누구인지 기억이 나지 않지만, 막내는 중학교 2학년 때의 여름캠프만은 또렷하게 기억하고 있었다. 캠프로 갔던 계곡에서 누군가가 등을 떠밀어 빠졌던 일이 있었고, 허우적거리던 막내를 다시 얕은 바닥 쪽으로 밀어주었던 손이 있었다. 그리고 "괜찮아?"(137쪽)라고 물었던 목소리도. 계곡물로 떠밀었고, 다시 건져주었던 손이 다른 것인지는 구분할 수 없다. 다만 "작았지만 암팡지던 손"(135쪽), 그 손을 생각할수록 김진호에 대한 구체적인 기억이, 아니 환영이, 정말로 기억일지도 모를 것들이 밀려왔다.

좋아하는 여자애에게 좋아한다고 말 못 하는 김진호, 이런저런 일을 맡아 죽어라 노력했던 김진호, 하는 일마다 잘되지 않았던 김진호, 하청업체 부도로 떼인 임금 때문에 타워크레인에 올라가야 했던 김진호, 아이의 운동회에서 달리고 있는 김진호, 한참 앞서는 주자를 따라잡고 학교 때처럼 우승한 김진호. 환호하면서 뛰어나가는 서은순과 아이들.

나는 산길을 내려오면서 김진호와 서은순에 대해 생각했다. 젖은 머리카락이 달싹 달라붙어 표주박 모양의 머리통이 그대로 드러난 김진호의 모습에 울다가 웃었던 것도 떠올랐다.

(……)

한유정의 SNS에서 일상을 공유하고 좋아요를 눌러준 건 아니었을까. 한유정은 김진호가 누군지도 모르는데, 여유로운 척하는 일상 아래 역시 한유정!!!이라는 댓글을 달아준 건 아니었을까. (138-140쪽)


김진호에 대한 서술이 실제 막내의 기억에 의한

것인지, 서은순의 전화를 바탕으로 재구성된 것인지, 아니면 온전히 허구인지는 알 수 없다. 우리가 주목해야 하는 건 이미 스스로 무엇도 확신할 수 없음을 아는 신뢰할 수 없는 화자의 말의 사실 관계를 파악하는 것이 아니라, 점점 구체화되어가는 김진호라는 기표로 인해 막내에게는 비로소 현실이 가능해졌다는 사실일 것이다. 그의 이야기가 끝을 향해 갈수록 단 하나 분명해지는 건 이 소설에서 누구보다도 유령에 가까운 건 막내라는 점이다. 그도 느끼고 있지 않았나. 유령처럼 느껴졌던 타인에게 향했던 시선을 불현듯 자신에게 돌릴 때, 스스로를 자각할 때마다 말하는 '나' 자신이 점점 모호하게 투명해지고 있다는 것을. 말하자면 아주 오래전부터가 아니었을까. 어릴 적부터 "나이 차 한참 나는 언니들과 어울리지 못하고 늘 혼자였던 그 애"(49-50쪽), 찰스 디킨스의 『크리스마스캐럴』에서 어떠한 역할도 갖지 못했던 그 애, "모든 현실로부터 떨어진 곳"(96쪽), "아무도 찾지 않는 여자"(133쪽)로 홀로 시간을 보내야 했던 그 애를 유령적 존재가 아니라고 할 수 있을까. 번복되는 서술의 굴레 속에서 신뢰할 수 없는 화자이기에 모호한 존재이기도 하나, 결국 한유정이라는 이름, 묵었던 방의 이름, 또는 '10박'이라는 명칭과 같은 고유명사 이외에는 어떤 특징으로도 막내를 증명할 수 있는 것은 없었다는 점에서 막내는 리조트를 떠도는 기표의 유령과 다름 아니다. "마지막 하나 남은 표시"처럼 고유명사 아닌 무언가로 막내를 증명했던 것이 있다면 손목시계뿐이었을 것이다. 그러나 "이것이 내 수중에 있는 한, 버틸 수 있다고. 괜찮다고" 여겼던 일말의 확신마저 시계를 잃어버린 후 사라진다. "언제든 없어질 물건이었다고 생각한 적은 없었을까. 정말 그런 적은 없었을까. 시계가 있던 자리는 다른 곳보다 희멀건했다. 나는 시계를 차고 있던 왼 손목을 오른손으로 감싸 쥐었다."(142쪽)

3

이야기는 끝났다. 말문을 열던 때처럼 막내는 손목시계가 있던 자리를 매만진다. 시계는 막내의 짧은 결혼생활을 증명해주는 것이기도 하지만, 그 시계를 잃어버렸던 리조트에서의 알 수 없는 시간들을 떠올리게 하는 것이기도 했다. 가볍게 돌아가는 나사의 회전처럼, 막내의 오른손이 왼손을 잠시 감았다 놓는다. 막내의 습관이 되어버린 이 행위는 견뎌야 했던 어떤 시간을 기억하며, 견뎌야 하는 지금의 삶에, (『나사의 회전』의 일부를 인용한 표현처럼) "나의 기괴한 시련을, 평범한 인간의 도덕성이라는 나사를 한 번 더 조이"(147쪽)는 것일지도 모르겠다. 막내는 그것이 그날 밤 만남을 제외하고 다시는 볼 수 없었던 뭉개진 귀와 내려앉은 코 때문에 가능한 일이었음을 밝힌다. 시합 내내 주먹 한 번 뻗지 못해 일부러 졌다는 오명과 수치를 안고 살아가야 했던 WBA 밴텀급 챔피언. 그러나 뭉개진 귀와 내려앉은 코는 부정할 수 없는 "훈련과 고독의 시간"(148쪽)의 증거였고, 그런 시간의 흔적이 막내에게는 없었으니까. 막내가 기억해야 할 시간의 흔적은 보이지 않지만 결코 사라지지 않은 자리로 남아 자꾸만 손목을 쥐어보게 만드는 것이었다.

하성란은 막내의 이야기와 그것을 회상하는 '나'의 이야기를 겹쳐두면서 막내의 그것처럼 읽는 이에게 한 번, 두 번의 나사를 조인다. 형식적인 면에서만이 아니다. 나사의 회전은 어딘가 닮아 있어 오버랩되는 인물들에게도 유효하다. 가령 마트 비정규직인 현미 씨로부터 시작하는 연쇄의 사슬이 그렇다. 남편의 공장이 문을 닫아 마트에 취직했다는 현미 씨는 사실 마트 직원이라고 할 수 없었다. 마트에서 고용한 비정규직도 아니었고, 그렇다고 마트 협력업체에서 지원을 나온 직원도 아닌, 그 밑의 인력 파견업체를 통해 고용된 비정규직이었다. 말하자면 을 중에서도 을인 이들의 신분을 나타내듯, 그들에게 부여된 것은 "캐럴이 흐르지 않는 마트에서 크리스마스 분위기를 돋우고 있는"(20-21쪽) 산타 모자였다. '나'는 언젠가의 부부 동반 야유회를 떠올렸다. 버스 안에서의 노래 요청에도 꿋꿋하게 자리를 지키던 현미 씨, 그런 현미 씨도 산타 모자를 썼을 것이다. "쓰고 싶지 않아도 쓰고 싶지 않다는 말도 꺼낼 수 없"는(19쪽), 하고 싶지 않다는 말을 발화할 수도 없는 현대판

바틀비의 모습으로 산타 모자를 썼을 것이었다. 산타 모자를 쓴 이들의 모자가 말할 수 없음의 무게라는 걸 알아차렸을 때, 현미 씨와 같은 인물들이 소설 곳곳에 산재하고 있다는 것 역시 선명한 발견이다. 산타 모자를 쓰고 있는 와인 판매원과 떼인 임금 때문에 타워크레인에 올라야만 했던 김진호, 그리고 언제나 같은 시간에 고분군을 바라보며 담배를 피우고 가끔 '나'에게 문자를 보내고 다시 일을 하러 들어갔을 막내. 이들의 모습이 오버랩되어 겹으로 쌓일 때, 우리는 작가가 소설의 나사를 여러 번 조이고 있다는 것을 실감한다. 그 회전으로 인해 이야기의 무대와 객석이 더 이상 분리되지 않는다는 걸, 맞물리는 톱니바퀴처럼 누군가와 또 다른 누군가의 삶의 경계가, 소설과 현실의 경계가 아스라이 겹치고 있다는 것 역시도.

소설 속 표현을 일부 변용하여 세상 모든 이야기가 모두 각자에게 소용이 있는 것이라면, 이 소설은 산타 모자만큼의 무게이거나 각자가 가진 공포이거나 그 어떤 이유로든 견뎌야만 하는 우리의 시간을 살짝 가볍게 감아주기 위해 쓰인 것일지 모른다고 생각해본다. 그러므로 막내와 같은 손짓으로 잠시 손목을 감았다 놓아보는 것이다. 크리스마스는 아직 오지 않았는데 혹은 이미 지나버리고 말았는데, 하지만 언제라도 좋을 시간에 우리를 단번에 크리스마스 전야의 식탁으로 불러 모으는, 말리의 유령처럼 우리를 찾아온 이 소설을 다시금 되새기며. 몇 번이고 반복되는 크리스마스캐럴처럼.

작가의 말

2018년『현대문학』12월호에 게재될 소설을
구상하면서 문득 12월에 걸맞은 소설을 써보자는
생각을 한 데는 아모스 오즈의 '노동으로서의 글
쓰기'가 한몫했다. 그전에도 글쓰기는 내게 노동
이었고 소설뿐 아니라 이곳저곳에 산문과 인터뷰
등의 글을 쓰고 원고료를 받아 생활했다. 하지만
마감이 없을 때는 하루 이틀 길게는 일주일 넘게
글과는 무관한 일을 하며 보내는 경우도 많았다.
몇 해 전 여름, 느닷없이 소나기가 퍼붓자 일을 멈
추고 우다다다 뛰어가 가게 처마 아래 나란히 서
는 노동자들을 보았다. 홍대 근처는 지난 10여 년

간 공사가 없는 날이 하루도 없었다고 해도 과언
이 아닌 동네다. 언제 비가 멈추려나, 착잡한 심정
으로 하늘을 올려다보던 그들을 보면서, 소설을
쓰지 않는 동안에도 전혀 착잡해진 적 없는 나를
돌아보게 되었다. 노동이라고 했지만 엄밀하게 말
해 노동이었다고 말할 수 없을지도 모른다는 생
각을 한 것이다.

그 뒤로도 아모스 오즈처럼 새벽 다섯 시에 책
상 앞에 앉지는 못하지만 사무실 일이 없다면 매
일매일 출근해서 정해진 시간까지는 글을 쓰자고
다짐했다. 글을 쓰고 지우고, 아무 생각도 나지
않을 때는 일기 비슷한 글이라도 끄적이면서 하
루를 보내자는 계획은 지켜지기도 지켜지지 않기
도 했다. 12월 마감은 점점 다가오고 있었는데 어
떤 이야기도 고이지 않았다.

그러다 어느 해 12월 밤거리를 걸어 집으로 돌
아가던 날의 풍경이 떠올랐다. 진눈깨비가 내렸
는지 어두운 거리는 좀 질척거렸는데, 그 때문이
아니더라도 뭔가 이상했다. 나는 그게 어쩌면 겨
울의 기압 변화 때문일 거라는 생각을 하면서 집

까지 도착했고 그제야 집에 오는 내내 캐럴이 흐르지 않았다는 걸 깨달았다. 저작권에 관한 계도 기간 같은 게 있었는지 모르지만 내 기억으로 거리의 캐럴은 한날한시 약속이나 한 듯 사라졌다.

책으로 묶기 위해 『크리스마스캐럴』을 여름에 수정했다. 8월에 접어들 때만 해도 나는 내게 이런 가혹한 여름이 다가오게 될 줄 몰랐다. 이 여름을 지나면서 어느 여름 소나기를 피해 처마 아래 서 있던 노동자들을 떠올렸다. 책상에 가 앉으면서 어느 순간 나는 언제 비가 그치려나, 라는 마음으로 하늘을 올려다보던 그들의 심정이 되어본 적이 있었다. 그들의 착잡한 눈빛을 조금은 이해하게 되었다. 어쩌면 이제부터 나는 노동으로 글을 쓰게 될지도 모르겠다. 어느 날 진심으로 "오늘 공쳤구먼"이라는 말을 하게 될지도 모르겠다.

올해도 곧 크리스마스가 다가올 테고 오랫동안 그 문화에 젖어 있던 나로서는 다른 건 몰라도 거리에 캐럴이 울렸으면 좋겠다. 어느 모퉁이 힘이 들고 두려워 몸을 동그랗게 말고 있을지도 모를 누군가에게 문득 들려온 캐럴이 위로가 될지 모른다는 생각을 한다. 내게도 물론 마찬가지이다.

글을 쓰고 발표한 뒤에도 불안과 우울은 오랫동안 따라붙는다. 핀 시리즈는 게재된 소설의 짤막한 해설을 『현대문학』 다음 호에 싣는데, 소유정 평론가의 글은 마치 손을 내미는 듯 따뜻했다. 빠듯한 시간에도 불구하고 이번에도 선뜻 해설을 맡아주었다. 게재 때부터 지금까지 『현대문학』의 윤희영 씨는 이 불안을 다독이면서도 적당하게 일을 밀어붙였다. 그것이 가장 큰 위로라는 걸 알았다. 이 두 분에게 감사 인사를 전하려 시작한 작가의 말이 길어지고 말았다.

2019년 9월
하성란

# 크리스마스캐럴

지은이 하성란
펴낸이 김영정

초판 1쇄 펴낸날 2019년 9월 25일

펴낸곳 (주)**현대문학**
등록번호 제1-452호
주소 06532 서울시 서초구 신반포로 321(잠원동, 미래엔)
전화 02-2017-0280
팩스 02-516-5433
홈페이지 www.hdmh.co.kr

ISBN 978-89-7275-135-9
      978-89-7275-889-1 (세트)

* 책값은 뒤표지에 있습니다.
* 이 도서의 국립중앙도서관 출판예정도서목록(CIP)은 서지정보유통지
  원시스템 홈페이지(http://seoji.nl.go.kr)와 국가자료공동목록시스템
  (http://www/nl/go/kr/kolisnet)에서 이용하실 수 있습니다.
  (CIP제어번호: CIP2019035719)